TASCABILI BOMPIANI 1163

IVAN COTRONEO
LA KRYPTONITE NELLA BORSA

I GRANDI TASCABILI
BOMPIANI

ISBN 978-88-452-6735-2

Via Angelo Rizzoli 8 - 20132 Milano

I edizione Tascabili Bompiani settembre 2011

a zia Rosaria, a zio Franco

“Suonne ca tutte ’e notte me cercate,
Diciteme nu poco, a che servite?
Se site brutte, vuje me ’mpressiunate,
E quando raramente belli site,
sempre e sultanto suonne vuje restate.”

Francesco Pistone, *’E ccriature*

Quella sera di fine settembre del 1973, mentre i negozi su corso Umberto tiravano giù le saracinesche e i primi autobus vuoti cominciavano a dirigersi di corsa al deposito Posillipo, Rosaria saliva in fretta le scale di Sant'Agostino alla Zecca. Peppino, accanto a lei, le dava la mano con una specie di fiducia incosciente, come se dopo quei gradini si aspettasse di essere condotto chissà dove. Rosaria sentiva quella presa, le piccole dita che si aggrappavano alle sue, e capiva anche quello che le stavano dicendo. Ma sapeva di non poter condurre suo figlio lontano, sapeva di potere arrivare al massimo alla latteria sopra alle scale, e questo in qualche modo oscuro e doloroso la faceva sentire in colpa. Pensava a tutte le cose che doveva ancora fare, alla cena, ai panni che erano rimasti da stirare, alle tende che voleva staccare dai bastoni, e non si inquietò scorgendo la sagoma allampanata di Gennaro, la calzamaglia blu elettrico e il pullover a collo alto, la mantellina rosa da parrucchiere sulle spalle, che con un'aria minacciosa avanzava dall'ombra a braccio teso verso di lei.

"Ferma! Non puoi passare! Tu tieni la kryptonite dentro alla borsa!"

Rosaria sospirò paziente e si fermò di fronte a Gennaro. Peppino conosceva quel sospiro della madre, che voleva dire: In questo preciso momento sono proprio stanca del mondo.

"Gennaro, per favore... Devo ancora prendere il latte e mettere la pasta sul fuoco per il bambino... Abbi pazienza, tengo che fare... Se ne parla domani..."

"No, no! Tieni la kryptonite! La sento!" urlò Gennaro gettandosi a terra e rantolando. "Fammi vedere!"

Rosaria, rassegnata, aprì la zip della sua borsa nera comprata in saldo da Collaro e gliela porse. Gennaro fece un passo avanti e infilò con circospezione la mano dentro, mentre Peppino si sporgeva a vedere. Anche lui credeva che la pericolosa kryptonite fosse nascosta lì. In fondo, avrebbe spiegato molte cose: la stanchezza di sua madre quando tornava dal lavoro, il fatto che certe mattine non riuscisse ad alzarsi dal letto, e anche quello sguardo che aveva a volte davanti al televisore, quando finivano le trasmissioni e lei restava lì, come se il monoscopio grigiastro della Rai Radiotelevisione Italiana fosse un'immagine troppo triste per riuscire a staccarsene.

Gennaro continuò a frugare ancora un po', controllò con attenzione una boccettina di Binaca Alito Fresco che era verde come la kryptonite, poi sollevò lo sguardo su Rosaria.

"Non ci sta. Tenevi ragione. Ho commesso un errore."

Rosaria riprese con uno strattone borsa e figlio, e continuò l'avanzata verso la latteria. "... Se una cosa o un'altra lo incontri, salutami a Batman," disse a Gennaro da sopra la spalla con aria stizzita.

Peppino si lasciò trascinare dalla madre, voltandosi solo un momento, a guardare Gennaro che, nella sua tenuta improvvisata, con i piedi dentro alla calzamaglia blu che si era fatta più sottile sulle dita e sui calcagni, prendeva posizione nell'ombra sulle scale, pronto a sferrare l'agguato al prossimo passante. Gli fece ciao ciao con la mano, e Gennaro Superman gli rispose con un sorriso. Non aveva un solo dente in bocca che fosse venuto su dritto.

Nella famiglia Sansone, Peppino era l'ultimo arrivato, nonché il primo dei nipoti. Era il figlio di Rosaria, la più grande dei ragazzi Sansone, che aveva voluto prendere il diploma di ragioniera all'Istituto Tecnico Armando Diaz ai Tribunali e dalla quale tutti si aspettavano grandi cose. Nonna Carmela teneva ancora nella stanza da letto una fotografia incorniciata in cui Rosaria, a sedici anni, con un costume intero, se ne stava appoggiata a una barchetta di legno sulla spiaggia affollata di Ischia Porto. Aveva il vaporetto della Lauro alle spalle e sorrideva all'obiettivo, con un cappello di paglia in testa a forma di cono e lo sguardo determinato di chi pensa di avere il mondo in tasca. Era come se dicesse: Se posso portare questo cacchio di cappello, e stare pure bene, niente e nessuno mi potrà fermare. Poi, dopo quella foto e nonostante quello sguardo, non era successo più nulla. Rosaria aveva preso il diploma con un voto medio e aveva cominciato ad arrangiarsi con una serie di supplenze scolastiche fra Napoli e provincia. Nel frattempo, a un balletto a piazza Cavour, in casa di amici, aveva conosciuto Antonio. Le sue prime parole, a quello che sarebbe diventato il marito, erano state chiare e circostanziate:

"Senti coso, tu stringi troppo quando balli. A me così non mi piace." Se n'era andata dal centro del salotto, per sedersi sdegnata su una delle sedie di fòrmica azzurra che erano state disposte lungo il perimetro della stanza. Poco più di un anno dopo, Rosaria e Antonio si erano sposati nella chiesa di Sant'Antonio a Posillipo, sopra le tredici scese, superando qualche diffidenza dei genitori di lei, Carmela e Pasquale. Non erano così entusiasti che quella figlia, per la quale avevano sperato grandi cose, sposasse l'ultimo commesso del negozio di macchine per cucire Singer di Afragola. Per non parlare del fatto che i genitori di lui erano entrambi del Nord. E non di un Nord qualsiasi. Erano friulani, venivano dalle montagne.

Esattamente dieci mesi dopo il sì davanti all'altare, nasceva Peppino. Appena nato si presentava agli sguardi dei parenti lungo lungo e magro magro. Sua zia Titina, la sorella minore di Rosaria, vedendolo per la prima volta dietro il vetro del Policlinico scoppiò a piangere.

"È troppo brutto... È troppo brutto... Madonna mia, quant'è brutta 'sta creatura..." diceva continuando a scuotere la testa disperata.

In effetti, alla nascita, Peppino non era questa bellezza, né lo divenne mai in seguito. Rosaria se ne accorgeva quando riceveva i parenti in visita, o quando incontrava qualche conoscente per la strada. Nessuno che le dicesse mai: "Quant'è bello, tuo figlio" o almeno: "Quant'è carina 'sta criatura". Comprese di essere la madre di quello che veniva comunemente definito "un tipo" e sperò che il bambino si rivelasse almeno estremamente intelligente. Per i primi due anni di vita di Peppino la madre si rifiutò fermamente di scattargli qualsiasi fotografia, o di farlo riprendere con la cinepresa superotto, che era diventata per un breve periodo nell'estate del '67 la fissazione di suo fratello Federico. Peppino, a sua volta, ebbe molto presto la sicurezza di non essere un bel bambino. Non solo perché sua zia Titina si era premurata di raccontargli, quando aveva tre anni, la sensazione di sgomento provata nel vedere il nipote piangere ancora inconsapevole nelle cullette del Policlinico, ma anche per l'insistenza sospetta con cui sua madre, fra tante favole che avrebbe potuto scegliere, si intestardiva a raccontargli quella del Brutto Anatroccolo, e sul finale si commuoveva sempre, aspettando con tutta evidenza il giorno in cui suo figlio si sarebbe trasformato nel cigno dalle piume bianche amato e ammirato da tutti. Quel giorno non venne mai. L'aspetto fisico di Peppino migliorò un po', ma si stava "appena appena aggiustando", come disse sua madre, quando in prima elementare si accorsero che avrebbe avuto bisogno degli occhiali da vista. La creatura era pure miope. Peppino diventò il primo bambino della sua classe a portare un paio di occhialoni di celluloide che gli facevano sembrare gli occhi piccoli piccoli. E non solo li portava, ma li portava così male che continuavano a scivolargli dal naso e a rompersi in continuazione, e pur di non buttare inutilmente altri soldi, Rosaria si rassegnò a farlo andare in giro con le stanghette riparate con il nastro adesivo.

A volte Rosaria guardava suo figlio, quando era insieme agli altri bambini. Lo amava così tanto che pensava le potesse scoppiare il cuore, e si odiava perché vedeva con dispiacere quanto fosse diverso dagli altri: meno bello, meno sicuro, più fragile. Le sembrava che non riuscisse a fare niente con naturalezza, nemmeno correre dietro un pallone, o giocare semplicemente a nascondino. Pure nel gioco del silenzio, invece di essere fatto di energia compressa come gli altri, le appariva malinconico e triste, abbandonato. Il naso che alla nascita non era male, sembrava si stesse curvando sotto il peso della montatura. I denti che stava cambiando venivano su storti, lo vedeva benissimo. Rosaria sapeva che avrebbe avuto bisogno anche di un apparecchio, e non aveva il coraggio di pensarci. Lo avrebbe voluto diverso, e più bello, con un'aria meno smarrita, e quando si trovava a fare i conti con questi desideri impossibili si vergognava così tanto di se stessa da diventare rossa. Si chiedeva se lo avrebbe amato di più, fosse stato più bello. Allora correva a prendere Peppino, che ignaro stava giocando o facendo i compiti, lo vestiva in fretta e furia, e lo portava a comprare qualche piccolo giocattolo.

Nonostante tutto, però, Peppino era molto amato. Era il primo nipote, per gli zii e per i nonni, e il primo bambino a nascere in quella famiglia dopo vent'anni. Da piccolo finiva sempre per trovarsi in braccio a uno dei suoi tre zii. Titina e Salvatore soprattutto, ma anche Federico, facevano a gara per passare il tempo con lui, ognuno a suo modo. Titina cercava inevitabilmente di migliorarne l'aspetto, pettinandolo, togliendogli gli occhiali, provando a sistemargli la maglietta con le maniche arrotolate sui braccini. Federico, nei momenti in cui non era preso dal suo studio, lo osservava attentamente e gli faceva dei piccoli giochi, che erano in realtà test d'intelligenza. Era stato lui, che aveva studiato al classico e poi aveva preso legge all'università, che gli aveva regalato *I Quindici*, l'enciclopedia per ragazzi, e sempre lui a spingerlo a leggere i volumi *Racconti e Fiabe* e *Poesie e Rime*. Ogni volta che Peppino spostava gli stuzzicadenti in maniera corretta, incastrava un quadrato di plastica nell'incavo giusto, memorizzava una poesia o rispondeva bene a un quiz, Federico sembrava sollevato.

"Almeno 'a capa 'a tieni..." si consolava, parzialmente rassicurato.

Suo zio Salvatore, il più piccolo, in genere giocava a fare la lotta con lui, e gli tirava con forza le orecchie fino a fargliele diventare rosse rosse.

"Tanto già so' grosse, almeno famme pazzia', me ne vedo bene..." sosteneva divertito.

I genitori di Rosaria cercavano di riparare a questa ridda di manifestazioni contrastanti con un affetto incondizionato, sempre presente e, per quanto glielo consentiva una vita faticata, costante. A volte, quando Peppino restava a dormire a casa dei nonni, se lo mettevano nel letto, in mezzo a loro, sul materasso che ogni anno doveva essere aperto per togliere i nodi e allargare la lana, e la casa si riempiva di matasse. Peppino si addormentava in mezzo a quegli odori che erano così diversi da quelli dei suoi genitori, e gli sembrava anche di fare sogni differenti e più caldi.

Rosaria aveva sempre pensato che avrebbe avuto un solo figlio, e dopo la nascita di Peppino si era convinta di questa risoluzione ancora di più.

Diceva a se stessa che non dipendeva dalla sua scontentezza, ma dal fatto che era sicura che non ce l'avrebbe fatta a reggere fisicamente la fatica di un altro bambino. Dopo il matrimonio, mentre Antonio aveva cominciato a fare carriera all'interno del negozio di macchine per cucire di Afragola, ed era passato da commesso semplice a commesso capo e poi a direttore del negozio, Rosaria aveva messo fine alle sue supplenze scolastiche. Un giorno si era trovata di fronte una classe composta quasi totalmente di ragazzi che la guardavano con aria maliziosa e le avevano fatto arrivare all'orecchio dei complimenti pesanti, e da allora in poi aveva detto basta. Aveva cercato, e trovato, un lavoro molto più tranquillo come segretaria in uno studio di commercialisti, dove tutti le davano del lei, e dove, comunque, si sentiva più protetta, anche grazie alla presenza di una collega della sua età, Assunta Cozzolino, che si candidava a essere la ragazza più sventurata che aveva mai conosciuto, e che con le sue tragedie sentimentali e familiari la faceva sentire molto più sicura di sé.

Spesso, Rosaria pensava di non riuscire per costituzione a fare tutto. Lavorare, pensare a Peppino e alla casa, essere una buona moglie per suo marito, tenere la permanente in ordine. Si vergognava dei suoi desideri, si vergognava di volere del tempo per sé, lontano da tutti. Aspettava i rari momenti di solitudine con un desiderio che la imbarazzava. Era contenta quando andava a farsi i capelli, di solito una volta al mese. Sceglieva sempre nuovi saloni da parrucchiere, con la scusa che non era mai contenta di come le avevano combinato la testa la volta precedente. In realtà desiderava solo andare dove nessuno la conosceva, dove nessuno le avrebbe chiesto niente, dove per un'ora e mezza si sarebbero occupati di lei mentre sfogliava le riviste e fingeva di essere un'altra persona. Sperava solo che Peppino non si accorgesse di tutto questo. A volte vedeva che suo figlio la osservava come se capisse tutto, come se fossero molto più uniti, legati e simili di quanto lei potesse solo immaginare. Suo figlio la guardava all'improvviso e sembrava le volesse dire: Lo so, so come ti senti e mi dispiace. Ma non è colpa mia. In quei momenti Rosaria sorrideva a Peppino come a scacciare via tutte le paure, e lo abbracciava, lasciando che il figlio le affondasse la faccia nel collo, un po' per fargli sentire il suo affetto e un po' per non farsi guardare negli occhi da lui.

La domenica quasi sempre Peppino la passava in processione dagli zii. Aveva un numero di zii imprecisato, e, a quanto sembrava a lui, variabile da una settimana all'altra, dal momento che ogni volta che ne memorizzava uno, subito ne sbucava fuori un altro a confondergli le idee. Di molti di loro non solo non capiva per quali strade fossero imparentati a sua madre e quindi a lui, ma non conosceva neanche il nome vero, perché in famiglia venivano chiamati e si parlava di loro solo attraverso i soprannomi che gli erano stati attribuiti. C'era lo zio Scienziato, così nominato perché era l'unico, almeno nel ramo collaterale della famiglia a cui apparteneva, ad avere conseguito la licenza media, mentre tutti i suoi consanguinei più stretti si erano fermati alla quinta elementare. C'era lo zio Gigino delle Sedioline, che aveva un'attività di commercio di sedie impagliate all'Annunziata, e sua moglie, la zia Enzina delle Sedioline, lo zio Birillo, così detto perchè andava in giro impettito e solenne sulla sua vespa grigia, e lo zio Conte, che non vantava titoli nobiliari ma abitava ai Gradini Conte di Mola. C'era lo zio Prevete, che in realtà non aveva mai manifestato vocazioni religiose né aveva mai frequentato il seminario, ma fin da piccolo aveva avuto un'aria seria e misteriosamente compunta. C'era la zia Casseforti (dalla categoria merceologica che vendeva nel suo negozio), e quella Bellablù (dal nome stesso della sua boutique di vestiti), la zia Spagnola, che era napoletana da quattro generazioni ma indossava sovente gli scialli, lo zio Settebellezze (a parere concorde di tutti il più brutto), lo zio Beccaio, lo zio Bambolotto e lo zio Franco Bebuccio, chiamato più spesso zio Franco Bebi. C'erano la zia Zitella, le zie Signorine, la zia Pupata e la zia Pupatella (che non erano, come si sarebbe potuto credere, l'una la figlia dell'altra), la zia Vedova e la zia Orfana, la zia Cantante e la zia Sensale, la zia Adele (che poteva non sembrare un soprannome, ma in realtà si chiamava Antonietta e tutti la chiamavano Adele per non confonderla con un'altra parente), la zia Monaca (che però non frequentava abitualmente lo zio Prevete, anzi non lo poteva proprio vedere) e pure la zia Pensaeriflettabene, così detta perché prima di prendere una qualsiasi decisione si portava l'indice della mano sinistra alla tempia ed esortava se stessa a un momento di riflessione, ripetendo a voce alta quell'invito alla meditazione.

Ciascuno degli zii aveva ovviamente figli e nipoti che complicavano il quadro, e quando Peppino ascoltava una frase come: "Ho incontrato a Port'Alba Nennella, la figlia della zia Pupata che passeggiava con la sorella cugina di zia Casseforti, stavano andando da Luciano di zio Bebi per il compleanno di Sasà," gli girava la testa e si sentiva improvvisamente perduto.

In una qualsiasi mattina di domenica, Peppino poteva, insieme a sua madre e suo padre, fare il giro delle abitazioni anche di cinque o sei zii, per portare i saluti e sentire come andavano le cose. A casa di tutti si presentavano con qualcosa in mano, caffè e zucchero solitamente, ma anche bottiglie di Mandarinetto Isolabella, Vov e Zabov, o un classico liquore Strega. Da tutti gli zii Peppino riceveva una piccola somma in contanti, generalmente un biglietto che gli veniva infilato tutto piegato fino a farlo diventare un francobollo in una delle tasche della sua salopette. Nel corso di molte delle visite gli offrivano da mangiare una delle cose che gli piaceva di più: la fetta di pane abbrustolita sul fornello del gas. Quando tornavano a casa, sua madre lo aiutava a tirare fuori dalle tasche tutti i biglietti di banca che avevano ricevuto, poi Rosaria prendeva un po' di quei soldi, principalmente per poter comprare ancora zucchero, caffè, Mandarinetto, Vov e Zabov per la domenica successiva, e lasciava una parte delle mancette a Peppino, che le custodiva tutto contento in qualche posto dove i suoi zii Salvatore e Titina non potessero trovarli, perché quelli non tenevano mai una lira, ma avevano sempre qualcosa da fare, e sua madre diceva che c'avevano i vizi da sergente e la paga da caporale.

Peppino pensò subito che qualcosa non andava, perché sua madre si affacciò sulla porta della classe quando mancava ancora più di un'ora alla fine delle lezioni. Aveva una faccia seria seria, anche se si sforzava di sorridere. Disse qualcosa nell'orecchio alla maestra Lina, e poi si portò via suo figlio dalla classe. Quando furono in strada, volle comprare un pezzo di pane caldo e gliene fece mangiare un po'. Peppino allora fu certo che era successo davvero qualcosa, e qualcosa di grave, perché sua madre non voleva assolutamente che si mangiasse fuori dai pasti, figuriamoci poi se poteva saltarle in mente di dargli del pane quando al pranzo mancavano solo due ore.

"È successa una cosa brutta. Gennaro... quel ragazzo che stava sempre sopra alle scale, ti ricordi... Superman..."

Peppino annuì. Certo che se lo ricordava. Anzi di più, lo considerava un suo amico, anche se non gli aveva mai veramente parlato.

"Non c'è più, è salito in cielo."

"E come ha fatto? Ha volato veramente?"

"No, Peppi', non hai capito." Abbassò la voce. "È finito sotto a un pullman."

Rosaria non aggiunse altro. Prese anche lei un pezzo di pane, strappandolo con le mani dal palatone appena sfornato, e se lo portò alla bocca.

"Stiamo tutti sconvolti. E dispiaciuti. Nonna Carmela è andata a casa loro a fare le condoglianze, con zio Salvatore e zia Titina."

"E noi non andiamo?"

"No, tu sei troppo piccolo per partecipare a un funerale. E poi io non ce la faccio."

Peppino non sapeva cosa pensare.

"Allora non lo vedrò mai più?" chiese. Rosaria lo fissò in silenzio, prima di scuotere la testa.

Nelle ore e nei giorni successivi Peppino cercò di capire cosa fosse effettivamente capitato a Superman, e come fosse andata davvero la storia del pullman, perché non aveva mai sentito di un supereroe che poteva essere fisicamente eliminato da un mezzo pubblico in servizio regolare. Nel quartiere c'era un'aria strana, tutti sembravano dispiaciuti da quello che era successo, ma anche imbarazzati. Dicevano frasi a bassa voce, scambiavano commenti a mezza bocca e soprattutto annuivano gravi, come se fossero tutti d'accordo su qualcosa. Ma cosa fosse, questo qualcosa, non era possibile per Peppino capirlo. Due giorni dopo si svolsero i funerali, con il corteo che partiva da Sant'Agostino alla Zecca, a cui parteciparono tutti gli abitanti del quartiere. Quando il corteo, silenzioso, passò davanti alle scale dove il ragazzo si appostava sempre per il continuo controllo sul traffico della kryptonite, gli uomini si tolsero il cappello, e le donne recitarono un *Eterno riposo* a voce sostenuta. Peppino voleva sapere bene, faceva domande, ma non riusciva a ottenere risposte che lo soddisfacessero. Un pomeriggio però sua nonna, con la zia Filomena, che aveva la terribile abitudine di pizzicargli le guance e di baciarlo sulla punta del naso, si presentò a casa sua, e quando le due anziane cominciarono a parlare con Rosaria di quello che era successo, Peppino, facendo finta di giocare con i chiodini colorati, riuscì a sentire dal corridoio tutto quello che si dicevano.

E anche se non capì proprio tutto tutto, fu così, da racconti ricostruiti e frasi appena sussurrate, che Peppino venne a sapere quello che aveva fatto Gennaro l'ultima notte prima di morire.

L'ultima notte di Superman

Erano passate le otto di sera e su via Duomo tutti si affrettavano verso il proprio portone. Gennaro avanzava attraverso Forcella diretto a casa sua, al numero 7 di vico delle Zite, con una strana inquietudine nel cuore. Lui forse non avrebbe saputo chiamarla così, non sapeva dare un nome a quel sentimento strano che non gli faceva venire voglia di tornare a casa, dove sua madre sicuramente aveva già apparecchiato per cena e dove i suoi fratelli si stavano scambiando domande annoiate su che fine lui potesse avere fatto. Era sempre in ritardo, questo lo sapeva bene. Anche quando era in orario. Fin da piccolo aveva sempre avuto la sensazione di entrare in una stanza quando già tutto era successo. O in un negozio, o in una strada, o in una chiesa. Si trovò in via Sant'Arcangelo a Baiano, sotto casa di suo cugino Michele quasi per caso. Si fermò a guardare la finestra al secondo piano, a lungo, e poi decise di salire.

Per le scale incontrò Nunzia Ascione, un'indisponente ragazza di vent'anni che faceva l'estetista al Vasto, e che, vedendolo salire di corsa, con la mantellina rosa che gli saltava sulle spalle, disse:

"O-oh! E chi è? È 'n'auciello? È 'n'aereo? Ah, no, è chillu scemo 'e Gennaro..."

Lui non rispose, come se il suo superudito gli permettesse di selezionare le stupidaggini e scartarle immediatamente.

Sua zia lo fece entrare mentre era impegnata a cucinare, e non nascose una smorfia.

"Sta in camera sua. Genna', però non ti trattenere assai... tra mezz'ora torna zio Raffaele a casa, e quello lo sai come è fissato. Dopo una giornata di fatica non vuole essere scassato il cazzo."

Gennaro entrò nella camera di suo cugino senza bussare. Michele stava buttato sul letto a leggere Kriminal.

"Uè, Genna'... che si dice?" gli chiese il ragazzo.

Gennaro in effetti non disse proprio niente. Si chiuse la porta alle spalle e si limitò a sedersi su una sedia davanti alla piccola scrivania che Michele teneva nella stanza. Da lì sorrideva a suo cugino.

"Non tieni genio di parlare, eh? Manco io..." disse Michele ritornando al suo giornaletto a fumetti. Non era strano che Gennaro facesse così. Il più delle volte se lo ritrovavano in casa senza sapere perché, e restava qualche decina di minuti, a volte anche un'ora. Non parlava quasi mai. Raramente accettava qualcosa, un bicchiere d'acqua, una pastarella. Una volta sola si era seduto a tavola con loro, ma non aveva mangiato. Michele era abituato a pensarlo in questo modo, come una presenza costante, ma in realtà invisibile. Nelle fotografie delle cerimonie, delle prime comunioni degli altri cugini, dei matrimoni, dei battesimi della famiglia, Gennaro sorrideva costantemente. Quasi sempre con la maglia blu elettrico a collo alto, a volte anche con la calzamaglia, che però la madre cercava di non fargli mettere almeno nelle occasioni ufficiali. Gennaro allora la nascondeva sotto i pantaloni scuri, e mentre stava in chiesa a festeggiare qualche suo parente che veniva battezzato, comunicato o maritato, pensava di essere proprio come Clark Kent, con il costume sotto i vestiti di tutti i giorni. La mantellina da parrucchiere la portava arrotolata in tasca, pronto a tirarla fuori e ad annodarla al collo in caso di necessità.

Fu una specie di fruscio a far sollevare gli occhi a Michele. Mise giù Kriminal, e si accorse che Gennaro si era tolto il pullover e la canottiera e adesso, alzatosi in piedi, si stava sfilando la calzamaglia. Michele lo fissò atterrito. Guardò verso la porta chiusa.

"Genna'... che c'è?"

Gennaro non rispose. Continuò a spogliarsi, si sfilò completamente la calzamaglia di lana e la tenne in mano. Per un momento rimase in mutande, come esitando. Poi si tolse anche quelle. Michele avrebbe voluto dire o fare qualcosa. Ma non gli veniva niente. Guardò il cugino nudo, con la mantellina sulle spalle, e si accorse con stupore che era un uomo. Non era abituato a considerarlo così, si rese conto di non sapere bene neanche quanti anni avesse. Era poco più grande di lui, quindi venti. Forse ventidue.

"Miche'..."

Solo il suo nome. Michele non sapeva cosa fare.

"Dimmi Gennaro. Che c'è?"

Gennaro lo guardò a lungo, rimanendo nudo, in piedi, davanti a lui. Poi come se gli costasse moltissima fatica, gli disse:

"Spogliati pure tu. Fammi vedere se sei uguale a me."

Michele rimase paralizzato. Non si mosse dal letto. Non aveva nessuna intenzione di spogliarsi davanti al cugino, e perché poi avrebbe dovuto farlo?, ma non aveva neanche il coraggio di dirgli di smetterla, di rivestirsi, di andarsene dalla stanza. Anche se solo confusamente, intuiva però che Gennaro stava facendo qualcosa di molto importante per lui. Così non disse nulla e non si mosse dal letto. Continuò a guardare Gennaro per un po', poi ostentatamente riprese a leggere il suo giornaletto.

Gennaro fece per allungare una mano verso il cugino. Voleva toccarlo. Ma quello gli restituì un'occhiata feroce. Allora Superman si rivestì. Aprì la porta. Uscì dalla stanza, e dall'appartamento di sua zia, senza salutare nessuno. Tornato a casa si comportò normalmente, o almeno così sembrò a tutti, a suo padre, ai suoi due fratelli, a sua madre, che però era stanca dopo una giornata passata a vendere fiori di carta all'angolo di vicolo dei Maiorani e continuò poi a rimproverarsi di non aver fatto abbastanza caso a lui. Andò a dormire, e il mattino dopo si rivestì con calzamaglia e tutto, fece colazione, annodò la mantellina, salutò sua madre con un bacio, e uscì di nuovo. Tutti pensavano che andasse sulle scale di Sant'Agostino, o davanti al museo Filangieri, a fermare la gente che passava, a controllare la kryptonite nelle borse di chi gli capitava a tiro. Invece andò dritto fino alla chiesa di Santa Maria Egiziaca, passando davanti all'ospedale Ascalesi, e arrivò al corso Umberto. Sul marciapiede, aspettò tranquillo che passasse il 111 barrato, che arrivava fino a piazza Municipio. Quando lo vide farsi più vicino, proprio all'ultimo momento, guardò a destra e a sinistra, e poi si lanciò in avanti.

Il conducente dell'Atan disse che era stato tutto così veloce, e che non avrebbe mai potuto fare in tempo a frenare. La madre di Gennaro volle parlargli, e gli chiese più volte se avesse notato un gesto, qualcosa, una mano tesa, un'azione qualunque che facesse pensare che Gennaro aveva cercato di fermare il pullman con i suoi poteri. O se invece avesse avuto l'impressione che suo figlio si era semplicemente buttato. Il conducente scosse più volte la testa. Non se lo ricordava.

La gente, dopo, al funerale e nei giorni successivi, disse vagamente che era caduto per sbaglio dal marciapiede, alcuni sostennero che invece aveva voluto bloccare il pullman pensando di essere indistruttibile. Michele raccontò quello che era successo la notte prima, e la storia veniva passata a mezza voce dai parenti ai conoscenti, come un segreto. Rosaria pensò che quella storia era la prova che Gennaro si era ammazzato, e che i suoi problemi e la sua infelicità non nascevano da Nembo Kid, ma avevano a che fare con il sesso, e con la sua attrazione per i ragazzi. Peppino, da solo, nella sua stanzetta, pianse per Gennaro, perché non lo avrebbe più visto. E pensò che la spiegazione fosse molto più semplice: l'autista dell'Atan era imbottito di kryptonite, e solo per questo Superman non era riuscito a fermarlo.

Lo aveva fatto. Era tornato tomo tomo con la scatoletta in mano. Nonostante le raccomandazioni, le suppliche, gli avvertimenti e una mezza minaccia di ribellione. Pasquale aveva comperato i pulcini alla festa di san Gennaro, suscitando la disperazione di sua moglie.

Ogni anno, a settembre, si ripeteva lo stesso identico calvario: i pulcini acquistati per cinquanta lire, nelle scatole di cartone, lungo la salita di via Duomo affollata per la festa, non riuscivano mai a vedere l'alba del giorno successivo. Strappati probabilmente alla cova della madre, o estradati a forza da qualche allevamento ben riscaldato, di solito cominciavano a soffrire visibilmente durante la cena, e prima di mezzanotte, dopo essere stati presi da un tremito convulso, si accasciavano su un fianco e spiravano. Non nel silenzio, però. L'agonia dei pulcini era accompagnata dalla partecipazione accorata di buona parte della famiglia. Nonno Pasquale in testa, figli al seguito, mentre Carmela da sola sparecchiava, faceva i piatti e ostentava disinteresse, trasferivano i pulcini accanto alla stufa a gas, li avvolgevano nei pullover di lana, li confortavano con esortazioni amorose e acqua e zucchero, e a volte li sostenevano con gocce di Micoren quando stavano per andarsene. L'effetto che produceva il farmaco sugli uccelli sembrava dapprima portentoso: il pulcino, che fino al momento prima rabbrividiva e tremava, veniva preso da una nuova vitalità, si rialzava, muoveva qualche passo spedito sulle zampette, talora pigolava come se fosse lui stesso stupito da quella nuova energia salutare. Salvo poi, nel giro di meno di un minuto dall'assunzione delle gocce, stramazzare al suolo, privo di vita, con l'espressione attonita di chi pareva volesse domandare ai membri tutti della famiglia Sansone: "Ma allora mi avete voluto sfottere?"

Carmela detestava con tutta se stessa quella fissazione di suo marito, le pareva un'inutile crudeltà, perfino a lei che a ogni ricorrenza comandata squartava agnelli, affettava anguille vive e tirava il collo a incolpevoli galline. Con l'approssimarsi di ogni festa di san Gennaro, si prodigava in raccomandazioni perché Pasquale, almeno quest'anno, almeno questa volta, almeno per carità cristiana, si astenesse dall'acquisto di un pulcino.

La sera del 19 settembre 1973, mentre il sangue liquefatto di san Gennaro veniva esposto all'adorazione sempre ugualmente stupefatta dei cittadini, Pasquale tornò a casa non con uno, non con due, ma con ben cinque pulcini. Evidentemente aveva deciso di sfidare la sorte avversa affidandosi alla legge dei grandi numeri. Carmela si preparò all'ecatombe sperando che il piccolo Peppino non rimanesse troppo male per tutti quei morti a venire. Era a lui che pensava mentre recuperava dall'armadio vecchie scatole di scarpe in cui si preparava a far sparire velocemente i pulcini defunti. Pensava a quel suo nipote già così delicato, impressionabile, e pure con gli occhiali. La strage dei pulcini, almeno quella, gliel'avrebbe evitata volentieri.

Ma, in effetti, Pasquale aveva avuto ragione a fidarsi della quantità. Per la prima volta a memoria d'uomo, solo due dei pulcini si spensero quella notte. Gli altri tre, nonostante la temperatura rigida di casa Sansone, approdarono al giorno seguente, vispi e pigolanti. Da quel mattino del 20 settembre i tre ebbero in dote l'epico nome di "i Sopravvissuti".

Nonno Pasquale si affezionò enormemente ai Sopravvissuti, che sopravvissero non solo a quella notte, ma a molte notti successive. Crebbero, alimentati a pastone e pane secco, nella disperazione di nonna Carmela, che cercava in ogni modo di chiuderli sul terrazzo per non averli tra i piedi quando cucinava e rassettava, un po' per paura di inciampare e un po' per non avere il rimorso di essere stata proprio lei a porre fine alle loro vite schiacciandoli col suo peso. In capo a un mese, i Sopravvissuti venivano ormai considerati da nonno Pasquale dei veri e propri animali da compagnia, e come tali trattati, nello sconcerto della famiglia che assisteva impotente al furore dell'amore appassionato del nonno per le sue creature. Pasquale aveva dato loro i nomi di Primo, Secondo e Terzo, in un eccesso di rigore semantico, ma per tutto il resto tendeva se non a umanizzarli dichiaratamente, perlomeno a trattarli come comuni animali domestici. Tornato da scuola, Peppino aiutava spesso il nonno a lavare i Sopravvissuti con lo shampoo, a profumarli con il balsamo e ad asciugarli con il phon, cosa quest'ultima che se li salvava dal raffreddore, nondimeno li terrorizzava enormemente. I Sopravvissuti, man mano che crescevano, venivano sottoposti a sperimentazioni di vario tipo, specialmente alimentari. Non solo facevano colazione a caffellatte, ma erano costretti ad assaggiare tutto quello che passava in tavola, e a sentire Pasquale mostravano una particolare predilezione per il fritto di carciofi, per il quale, addirittura, "uscivano pazzi". Dormivano nel corridoio, e se di notte pigolavano, Pasquale si affrettava a vedere cosa avessero e cosa potesse fare per loro. Si convinse che Terzo fosse il più sveglio dei tre, e che cercasse con i suoi versi di dirgli qualcosa di importante, ma non era mai sicuro di interpretare correttamente cosa.

Secondo fu in realtà il primo a trovare la morte per troppo amore, quando Pasquale, allo scopo di pulirgli bene il becco con lo spazzolino da denti e il dentifricio, lo soffocò in una mistura di Pasta del Capitano, acqua saponata e menta piperita. Primo venne subito dopo, quando Pasquale decise di fargli conoscere il mondo e gli legò una corda al collo a mo' di guinzaglio. Il nonno uscì dal portone su via Duomo, e non era nemmeno arrivato all'incrocio di via Tribunali quando si accorse di trascinare al laccio sul marciapiede il corpo senza vita del suo pulcino strozzato, che puliva il selciato come un piccolo piumino per la polvere. Terzo tenne fede al suo nome, e fu il terzo appunto a scomparire da casa Sansone. Si suicidò lanciandosi nel vuoto dal balcone della cucina. Che non fosse stato un semplice incidente e che il volatile avesse invece cercato scientemente la morte apparve subito chiaro a tutti: dei quattro balconi che aveva a disposizione per affrontare il salto finale, aveva scelto il più alto, quello a maggiore distanza dal suolo. Era effettivamente il più sveglio: voleva essere sicuro di non sopravvivere.

Nonno Pasquale si addolorò molto della scomparsa dei suoi tre animali. Nonna Carmela ne parlava con i vicini e i commercianti di zona, e ogni volta chiudeva il suo racconto sentenziando: "Che volete, mio marito è fatto così. Vi dovete mettere paura non quando vi odia, ma quando vi vo' bene."

Peppino sentì la mancanza dei tre pulcini, ma non per molto. Fu in quei giorni che sua madre cominciò a soffrire di mal di testa, e la sua vita cambiò radicalmente.

I mal di testa di Rosaria erano cominciati un pomeriggio, all'improvviso, senza manco la buona creanza di avvisare prima. Ritornata dal parrucchiere, era entrata in casa, si era liberata di cappotto e borsa, e aveva fatto direttamente una telefonata a sua madre, chiedendole se poteva tenere ancora un po' con sé Peppino. La testa le scoppiava, le faceva così male che le veniva da piangere. Era come se qualcuno premesse con un dito, ma *dentro*. Sua madre si era impressionata e le aveva detto di prendersi un'abbondante dose di Novalgina. Rosaria si era rifugiata nella sua stanza, aveva serrato le imposte e si era messa a letto. La sera, quando Antonio aveva chiuso il negozio ed era tornato a casa con la sua scatola di Sette Sere Perugina, portando con sé Peppino che intanto era passato a prelevare, l'aveva trovata ancora a letto. Rosaria non aveva la forza di alzarsi, né di mangiare, né di parlare. Ogni rumore le dava fastidio. Peppino, spaventato, osservava dalla porta, nel buio, la sagoma della madre sotto le lenzuola. Più di ogni altra cosa, Rosaria non voleva che si accendesse la luce. Peppino guardò una puntata di *Ho incontrato un'ombra* insieme al padre, a bassissimo volume, per non disturbare, poi andò a letto e disse da solo le preghiere a tutti i santi.

Il mattino dopo Rosaria stava ancora male, e Peppino andò a scuola insieme alla nonna. Il mal di testa non voleva saperne di passare. Zia Titina e la stessa Rosaria finirono per attribuire l'emicrania devastante alle lampade rosse che il parrucchiere Carmine, in arte Alexander, aveva usato per asciugare i capelli di Rosaria. L'innovazione che doveva sostituire il più familiare casco poteva avere portato delle conseguenze impreviste e nocive. Nel quartiere si diffuse la voce che Alexander asciugava i capelli con una luce che faceva male alla testa.

Rosaria fece comunque tutte le analisi, pure qualche radiografia. Sembrava tutto regolare. Nella famiglia Sansone non c'erano mai stati casi simili, e ci volle un po' prima di riconoscere che qualcosa non andava. Quando il medico dell'Inam, che l'aveva seguita in tutto quel percorso di indagini, avanzò finalmente l'ipotesi che potesse trattarsi di un esaurimento nervoso, nonna Carmela, che aveva accompagnato la figlia in tutte le visite, lo guardò con sospetto.

"Esaurimento?"

Non era tanto il fatto che non sapesse di cosa si trattava, perché lo sapeva, ne aveva parlato anche il Radiocorriere a proposito di una cantante famosa. Era più la circostanza che l'esaurimento nervoso sembrava essere una malattia da ricchi, una cosa di cui poteva soffrire qualcuno che dalla vita aveva già tutto, e, non sapendo cosa altro in più potesse avere o quale nuovo sfizio togliersi, si concedeva un bell'esaurimento nervoso. A Carmela riusciva difficile pensare che sua figlia, con un appartamento di tre stanze a via Cesare Sersale di cui faticava a pagare l'affitto, il lavoro da segretaria dattilografa a tempo pieno presso lo studio de Magistris e tutti i pensieri che le dava un bambino piccolo e non particolarmente riuscito come Peppino, potesse trovare il tempo e l'occasione per farsi venire pure l'esaurimento. Era un lusso del tutto ingiustificato.

"Esaurimento," ripeté quindi, approfittando anche del fatto che sua figlia di fronte a quella possibilità non aveva nemmeno aperto bocca. Il dottore annuì con forza.

"È solo un'ipotesi. Basterebbe che incontrasse una volta uno psicologo, e ci facesse una chiacchierata. Poi sarebbe lui a decidere se occorre continuare."

"Se pensate... Dotto', noi la verità non conosciamo nessuno psicologo."

"Ne conosco io uno bravo. Sta alla Usl di piazza Municipio, che non è manco lontano. Però per funzionare, la signora, vostra figlia, deve essere convinta di volerci andare."

Rosaria per qualche istante non parlò. Poi, proprio quando Carmela stava per aprire bocca, la figlia disse solo:

"Ma questa cosa vuol dire che sto uscendo pazza?"

"No, signora Rosaria, assolutamente no. Vuol dire che state affrontando un periodo difficile. E che parlare con qualcuno vi potrebbe aiutare."

"Ma se questa non vuole parlare manco con me che sono la mamma!" intervenne pronta Carmela.

Il dottore sospirò e si preparò ad affrontare l'argomento, e a spiegare alla signora Sansone madre che proprio perché il dottor Matarrese era un estraneo, e per di più nemmeno di Napoli, ma di Roma, fare quattro chiacchiere con lui poteva funzionare.

Rientrata a casa, più tardi, Carmela si mise immediatamente a cucinare. Tirò fuori un paio di chili di cipolle dal frigidèr e cominciò ad affettarle per preparare una bella genovese. Sua figlia sarebbe andata da uno psicologo. Non lo avrebbe saputo nessuno, tranne le persone strettamente coinvolte, vale a dire i suoi altri tre figli. Suo marito Pasquale fino a quando si poteva non doveva venire a conoscenza di nulla, non avrebbe capito, lui era, come dicevano tutti, "antico". Peppino era troppo piccolo. Antonio era un bravo ragazzo, e bisognava dirglielo comunque, ma la cosa la preoccupava. Quando si innervosiva suo genero tendeva a parlare troppo, e come ci si poteva fidare che poi al momento buono, magari a tavola, davanti a parenti del Nord e affini, non se ne uscisse con un "E statti zitta tu, che vai pure dal medico dei pazzi!"

Carmela affettava e affettava, e per quanto affettasse cipolle non riusciva nemmeno a piangere. Già vedeva sua figlia varcare la soglia dell'ambulatorio del dottor Matarrese per uscirne poi in camicia di forza, internata in una di quelle case di cura che stavano sotto al Vesuvio, lo sguardo da pazza, i capelli arruffati in testa, e la voce che non si capiva niente di quello che diceva, come la zia Antonietta quando a settant'anni aveva preso quel morbo suo. Sospirò. Carmela ne aveva passate molte nella vita. Aveva visto la guerra e conosciuto la fame. Si ricordava una sua amica di quand'era piccola che un inverno era morta di freddo, nel letto di casa sua, con le mani strette intorno al lenzuolo troppo leggero. Si ricordava il mercato nero e le grotte dove andavano quando bombardavano Napoli. Si ricordava quando non c'era la televisione. Si ricordava che erano stati così poveri dopo la guerra che una sera, a ora di cena, erano entrati i ladri in casa, e Pasquale senza scomporsi gli aveva detto: "Non teniamo niente. Solo questa pasta e fagioli. Se volete favorire..." I due ladri, che dovevano essere più affamati di loro, avevano favorito, e poi se n'erano andati ringraziando. Poteva dire di avere visto molto, e di sentirsi pronta a vedere anche di più. Ma questo, proprio questo, non pensava mai che avrebbe dovuto affrontarlo. Sua figlia sarebbe andata in cura da uno psicologo. Cominciò a soffriggere le cipolle e finalmente un paio di lacrime vennero giù.

“Che vuol dire che non la posso disturbare?”

“Vuol dire che mamma è stanca, e che è meglio se tu non la scocci ogni cinque minuti. Pensi di poterlo fare?”

“Ma è malata?”

“No, non proprio... una mezza cosa... È solo stanca.”

“Ma papà... è una settimana che non va al lavoro e sta sempre in camera sua... come fa a essere stanca? Non è che qualcuno le ha messo la kryptonite nella borsa?”

Antonio sospirò.

“Ma qua' kryptonite...”

Era difficile parlare con un bambino, senza potergli spiegare tutto. Specialmente quando il bambino era cacacazzi come suo figlio. E poi, si rendeva conto, il problema non era neanche quello. Lui stesso avrebbe voluto porre a qualcuno più o meno le stesse domande che poneva Peppino a lui. Che c'aveva sua moglie da stare tanto esaurita? Se era il lavoro da de Magistris, il problema, avrebbe potuto lasciarlo, si sarebbero arrangiati in un'altra maniera, glielo aveva pure detto. Certo, si sarebbero trasferiti in una casa più piccola, quella, con quell'affitto assurdo di sessantamila lire, era praticamente impensabile già così con due stipendi Dio lo sapeva e la Madonna lo vedeva come facevano. Ma solo a parlare di questa prospettiva, Rosaria aveva cominciato a piangere. Lo psicologo avrebbe risolto tutto questo? E lui, che doveva fare nel frattempo? Poteva provare ad abbracciarla, a baciarla, a farci l'amore? Oppure no? Guardò suo figlio che aspettava risposte, e avrebbe voluto lui rovesciargli addosso una serie di questioni.

"Comunque adesso sarà la nonna a portarti a scuola, e il pomeriggio starai con lei e con gli zii. Se vuoi, qualche volta puoi andare anche dagli altri nonni..."

Peppino lo guardò con sospetto. Tra tutti e due passò il ricordo dell'ultima volta in cui era stato accudito dall'altra nonna, della corda e della sedia. E del resto il tono di voce con cui Antonio aveva offerto quella possibilità era stato del tutto incerto, quello di chi non è convinto per niente.

"E la sera?"

"La sera quando esco dal negozio ti vengo a prendere dove stai e torniamo a casa."

"E ce li porti lo stesso, ogni tanto, i Sette Sere Perugina?"

"E certo!" rispose il padre sollevato. Peppino lo guardò un'ultima volta, poi aprì la cartella.

"Allora adesso faccio i compiti."

Quando Peppino aprì gli occhi e vide, nel buio della sua stanzetta, la sagoma allampanata di Gennaro seduta ai piedi del letto, che gli sorrideva tranquillo con i suoi denti sghembi, non ebbe affatto paura. Prese gli occhiali dal comodino, se li infilò con attenzione, raddrizzò la stanghetta rotta e lo guardò bene, per essere sicuro di non sbagliare. Sì, era proprio lui.

"Ciao Gennaro. Come stai?"

"Come mi vedi. Bene."

In effetti, agli occhi di Peppino, Gennaro non stava affatto male. La calzamaglia blu era quella di sempre, così come la sua maglia a collo alto non particolarmente pulita. La mantellina rosa era annodata stretta sotto il collo, con un bel fiocco sistemato, e Gennaro la scostò dal petto con studiata noncuranza, molto elegantemente. Il suo sguardo era attento, e perfino allegro. Non aveva ingessature, né segni sul volto. Non sembrava riportare nessun effetto secondario in seguito allo scontro frontale con l'autobus numero 111 barrato, a parte, forse, una nuova pettinatura: fosse stata o meno una conseguenza dell'impatto, ora teneva i capelli tutti tirati all'indietro, che non gli stavano nemmeno male. Peppino decise di porgli subito la domanda che gli premeva, senza girarci troppo intorno.

"Genna', senti una cosa... Io non capisco... Ma tu, non eri morto?"

"Io? E chi te lo ha detto?"

"Mamma... zia Titina... tutti."

"La gente parla solo per parlare."

"Ma quelle dicono che il pullman ti ha investito."

"Il pullman mi ha investito, questo è vero. Esso non si è fermato. Ma io non sono morto."

"E allora chi hanno messo nella bara in chiesa?"

Gennaro in un vago gesto di insofferenza un po' femminile sollevò la mano destra, nella quale, Peppino si accorse solo ora, teneva una sigaretta accesa. Voleva dire, con quel gesto: Lascia perdere queste sciocchezze.

"Bambino, non devi credere a tutto quello che dice la gente. Io sono morto, ma non sono morto."

Peppino lo guardò in silenzio, mentre Gennaro aspirava una boccata dalla sigaretta e soffiava un po' teatralmente il fumo nella sua stanzetta.

"Genna', penso che non ho capito un'altra volta."

Gennaro sospirò paziente, poi fece volare via la sigaretta, che finì sul pavimento dall'altro lato della stanza.

"Peppino, tu lo sai che ho i superpoteri. Sei l'unico che mi ha sempre creduto."

"Sì."

"E per questo, sei l'unico che può sapere. L'unico che mi può vedere. Io sono morto per tutti ma non per te. I miei superpoteri mi hanno salvato."

Peppino si rimise a posto gli occhiali che gli stavano scivolando sul naso. In effetti, quadrava. Se uno aveva i superpoteri, non poteva certo bastare un autobus dell'Atan in servizio dalla stazione centrale a piazza Municipio a eliminarlo. Eppure altre cose non sembravano a posto. Perché nascondersi a tutti? E perché adesso Gennaro parlava cercando di darsi un tono da signore, evitando il dialetto e aggiustandosi il collo della maglia in continuazione? La morte sembrava avergli dato importanza, una nuova concezione di sé, più alta, più complessa, schifiltosa e perfino un po' snob.

"Genna', ma io ti vedo diverso..."

"E perché, prima mi vedevi uguale agli altri?"

"No, ma... Quando hai cominciato a fumare? Non mi ricordo che..."

"E infatti prima non fumavo. Ho cominciato dopo. Finché ero vivo, non mi piaceva. Ma da qua le cose sono un po' differenti. Che vuoi capire, tu..."

Peppino lo osservava, e più lo osservava, più si convinceva che doveva credergli.

"Genna', ma quindi a finale avevo ragione io. Tu sei veramente Superman."

Gennaro sorrise.

"Certo che sono Superman. Però sono Superman napoletano."

"E ci sarai sempre per me? Mi aiuterai?"

"Praticamente sono qua per questo. Ogni volta che hai bisogno di me, se non tengo troppo che fare, tipo sventare una rapina a Forcella, o impedire uno scippo alla Pignasecca, o sconfiggere Lex Luthor il genio del male a Materdei, io ti verrò a trovare per vedere come stai."

Peppino sorrise. E pensare che proprio quella mattina, nella III A della Scuola Elementare Adelaide Ristori, in mezzo ai suoi compagni di classe che lo prendevano in giro, si era sentito solo. Sua madre, inavvicinabile, restava sempre stesa a letto, nella stanza buia dove cercava di sfuggire al mal di testa. Suo padre era in continuazione al lavoro, dove ultimamente gli orari sembravano allungarsi e dilatarsi sempre di più, senza nessuna regola precisa. E lui si era sentito abbandonato. Che stupido era stato, non ci poteva pensare! Come faceva a sapere che quella stessa notte avrebbe capito di essere il bambino più fortunato del mondo, l'unico ad avere sempre Superman a disposizione! Vabbe', quasi sempre. Se non c'erano rapine a Forcella o alla Pignasecca.

"Come faccio a chiamarti?" chiese Peppino.

"Col mio nome. Superman, o Gennaro de Cicco, va bene lo stesso."

"E mo' che facciamo?"

"E che vuoi fare? Non facciamo niente. S'è fatto tardi, perciò ci corichiamo. Tu dormi tranquillo, che ci sono qua io che veglio su di te. È la mia missione."

Peppino si sfilò gli occhiali e li appoggiò di nuovo sul comodino. Si tirò la coperta sotto il mento.

"Buonanotte."

"Buonanotte."

Nel silenzio, Peppino sentiva il peso di Superman sul materasso vicino ai suoi piedi. Se li allungava, poteva toccare l'esterno delle sue gambe, il suo corpo fatto di quel materiale misterioso che resisteva a tutto, e lo avrebbe salvato da qualsiasi cosa. Chissà se gli avrebbe insegnato a passare attraverso i muri, o a sentire il respiro delle formiche, o lo avrebbe aiutato con i compiti, o gli avrebbe rivelato il significato di tutte le cose che non capiva. Era buio, ma non aveva paura. Sapeva che Gennaro poteva vedere comunque con la sua vista speciale.

Si sentì protetto, forse per la prima volta nella sua vita. Si voltò su un fianco e riprese a dormire.

Rosaria in effetti non dormiva tanto. Almeno, non quanto pensavano gli altri. La maggior parte del tempo la passava leggendo gialli Mondadori a letto. Li comprava sulla bancarella davanti alla macelleria Berriola, usati, a cinquanta lire l'uno, e generalmente erano vecchi di una decina d'anni. Quando ne aveva finiti un po', li infilava in una busta della salumeria Ruocco, ritornava alla bancarella, e li cambiava con quelli che non aveva ancora letto. Ne dava indietro due e il vecchietto gliene faceva scegliere uno in mezzo alla pila. I suoi preferiti erano quelli dello scrittore Patrick Quentin, come *Manicomio* o *Fiesta di Morte* o *La sorte sbagliò tre volte*, secondo lei il più bello di tutti. Il protagonista si chiamava Peter Duluth, faceva di mestiere il regista teatrale di successo a Broadway, e la moglie, bellissima e affascinante, portava il nome di un fiore: Iris. In ogni romanzo c'era almeno un morto e un intrigo e un colpevole da scoprire. Quello che non cambiava mai, però, era l'amore che Peter e Iris provavano uno per l'altra e che sopravviveva a tutte le prove, perfino una volta alla perdita totale della memoria di lui, che la guardava, la guardava e non sapeva manco chi era.

A pensarci adesso, anche se le bruciava ammetterlo, lei aveva sempre creduto nell'amore eterno, quello che dura tutta la vita. Quando aveva incontrato Antonio aveva pensato che sarebbe stato per sempre. Aveva fatto l'amore con lui la prima volta nel 1965, la notte dopo il matrimonio. Era così che le avevano detto doveva succedere. Aspettare l'uomo che amavi, fidanzarti, attendere ancora il matrimonio e poi finalmente conoscersi carnalmente. Ai tempi in cui si era sposata lei le cose si facevano in questo modo, sistemate. Era incredibile quante convinzioni fossero cambiate in così poco tempo. Sapeva che sua sorella minore, Titina, stava facendo per così dire un percorso diverso. Aveva già fatto l'amore con quattro ragazzi e mezzo, così le aveva confessato un giorno davanti a un caffè corretto con l'anice. Rosaria era stata troppo imbarazzata per chiederle conto di quel "mezzo". Intendeva che un ragazzo di quelli con cui era andata a letto valeva la metà degli altri partner, o che il rapporto si era interrotto sul più bello? La libertà sessuale di sua sorella la indisponeva. Il percorso diverso andava bene, ma precisamente a quanta distanza si situava dal percorso della zoccola? Non che ne fosse invidiosa. Per lei era stata tutta un'altra cosa, e semplicemente non lo capiva. Si rifiutava di concepire che si potesse andare a letto con una persona che non si amava, solo perché ti piaceva "per via del fisico". Adesso, in questi giorni in cui partecipava attraverso le pagine dei gialli Mondadori all'amore eterno fra Peter Duluth e la sua Iris, pensava però di avere sbagliato tutto.

In realtà, al primo dei bigliettini che aveva trovato nella cassetta della posta non aveva creduto nemmeno per un momento. Pensava fosse stato scritto da qualche invidioso. Diceva: "Rosaria apri li occhi." Quando lo lesse si soffermò su quell'errore di ortografia; le sembrava aggiungesse una verità speciale a quelle poche parole. Poi il biglietto continuava: "Il tuo sposo Antonio ti mette le corna con Valeria. Si non ci credi, vai tu stessa a vedere." A parte il secondo errore, che lasciava intuire che il mittente non avesse troppa dimestichezza con la lingua italiana, Rosaria non aveva altri indizi sull'origine dell'avvertimento. Non che li avesse cercati, ovviamente, fino a quando i biglietti non erano diventati cinque. Insistevano perché lei andasse a controllare. "Allora sei proprio fredda di chiammata," insinuava l'ultimo. "Valeria si tiene a tuo marito!!!!" I punti esclamativi aumentavano di biglietto in biglietto.

Valeria era una ragazza di ventotto anni, che lavorava in un negozio di abbigliamento che si chiamava Gli Occhi della Tigre, non lontano dal centro Singer di Antonio ad Afragola. Rosaria sapeva che a volte (ma quante volte, precisamente?) suo marito l'accompagnava con la macchina di ritorno dal lavoro, perché Valeria non abitava lontano da casa loro e pareva brutto farla tornare da sola. Conosceva la madre di Valeria, che per anni aveva avuto una tabaccheria insieme al marito in via Giacomo Savarese, e poi aveva venduto il negozio quando era rimasta vedova in seguito alla caduta inopportuna di un pezzo di cornicione in via Postica Maddalena. In effetti, aveva sottovalutato gli avvertimenti anonimi perché di Valeria pensava di non dover avere nessun timore. Era più bassa di lei, aveva meno seno ("San Giuseppe le ha passato la chianozza," dicevano di lei i ragazzi del quartiere, per dire che la pialla del falegname padre putativo di Gesù aveva fatto giustizia sommaria del suo seno) e una faccia piuttosto volgare di suo, che il trucco pesante non faceva che peggiorare. Poteva essere che Antonio si fosse invaghito di lei? Non poteva essere, anche se suo marito non si chiamava Peter e non dirigeva lavori teatrali a New York.

Poi una sera, uscita più tardi dal suo ufficio per finire di battere a macchina certe lettere urgenti che agitavano i de Magistris, aveva deciso di fare un esperimento. Era andata sotto casa di Valeria e l'aveva aspettata rientrare. Alle otto e trentacinque aveva visto avvicinarsi nel vicolo la Fiat 850 azzurro avion di suo marito. Era lucida come al solito, Antonio ci teneva, e a volte di domenica li costringeva a passare la mattina con lui ai giardini della Litoranea, accanto a una fontanella con secchio di plastica, detergente Arexons e pure una pasta per lucidare che per stenderla ci voleva la mano di Dio. La fiammante 850 si fermò davanti alla casa dove Valeria viveva con la madre vedova. Nascosta nell'androne di un palazzo lungo il vicolo, Rosaria vide suo marito Antonio che nell'abitacolo della macchina salutava la ragazza baciandola sulla bocca. A lungo. Riuscì a vedere anche che le passava la mano in quello spazio vuoto dove ci sarebbe stato il seno di Valeria, se ne avesse avuto uno. Dopo pochi secondi Rosaria uscì dall'ombra del portone, e scivolando lungo il palazzo si allontanò in fretta verso casa. Riuscì ad arrivare poco prima di Antonio, e a mettere su la pentola per la pasta prima che lui entrasse in cucina con la sua scatola di cioccolatini in mano. Si vide per un momento sollevare la pentola di acqua bollente dal fuoco e rovesciargliela addosso, mentre Peppino ignaro di tutto guardava ipnotizzato la televisione a due passi da loro. Vide per qualche istante il marito che rantolava a terra, squamandosi come i pesci rossi che avevano una volta, e che una sera per sbaglio, pulendo l'acquario, Antonio aveva infilato nell'acqua bollente. Per giorni Rosaria ripensò a come i pesci si dimenavano perdendo tutto il rosso e diventando bianchi bianchi. Invece non fece niente. Lasciò la pentola d'acqua bollente dove stava, girò il sugo, baciò il marito sulla guancia e dopo un po' si misero a tavola. Non erano neanche a metà dello sceneggiato sul Primo Canale, che Rosaria aveva già deciso. Non avrebbe parlato, non avrebbe detto nulla, sarebbe andata avanti in silenzio. Era troppo umiliante per lei soltanto pensarci, a quello che era successo, non avrebbe mai avuto il coraggio di parlarne effettivamente, né con suo marito, né con sua madre, né con sua sorella o con qualcuna delle sue amiche. Nemmeno con Assunta Cozzolino, la sua collega, che pure in amore ne aveva viste tante. Raccontarlo lo avrebbe fatto diventare ancora più vero, avrebbe dovuto affrontarlo, pensare alle conseguenze, discutere, e anche se avesse vinto, alla fine avrebbe perso comunque. Meglio fingere, anche con se stessa, di non aver visto niente. Alle undici si mise a letto accanto al marito e sopportò il peso del suo braccio sulla schiena per tutta la notte. Il mattino dopo trovò un nuovo biglietto nella cassetta della posta e lo stracciò senza nemmeno leggerlo. Si sentì molto intelligente. La vita andò avanti come se niente fosse. Al lavoro le sembrava di essere diventata anche più veloce, di fare sulla Olivetti Lettera 42 più battute al minuto di quante ne avesse mai fatte prima. Si propose di cronometrarsi, come quando era all'ultimo anno dell'Istituto Tecnico e si preparava all'esame finale, per controllare effettivamente di quanto fosse migliorata. Il mercoledì successivo ritornò a casa dopo il parrucchiere con quel terribile mal di testa e per la prima volta si mise a letto chiudendo gli scuri della sua stanza. Poi scoprì che non riusciva più ad alzarsi, e semplicemente si arrese a quello che stava succedendo.

"Zia... dove stiamo andando?"

"In un posto."

"Un posto come?"

"Un posto come un posto. Peppi', te lo avviso da adesso, patti chiari e amicizia lunga, se lo dici a tua madre ti faccio nuovo nuovo."

Peppino sorrise fra sé, e con la mano stretta in quella della zia camminava contento lungo via Marina. Stavano andando a prendere il tram, lo aveva capito. Gli piaceva uscire con sua zia Titina, e anche con suo zio Salvatore. Con i nonni pure era bello, ma gli zii erano più giovani e facevano cose che puntualmente poi non poteva dire. E da quando sua madre aveva quei mal di testa le uscite con gli zii si erano intensificate.

Peppino aveva due zii e due nonni anche da parte di suo padre, ma non venivano spesso presi in considerazione. Entrambi i genitori di suo padre erano del Nord, *del Friuli*, e questo fin dalla notizia del fidanzamento di sua madre aveva suscitato nella famiglia Sansone una diffidenza mai più superata. Anzi. Rosaria aveva in effetti cercato qualche volta di approfittare della famiglia di suo marito, perché badasse a Peppino, ma i risultati erano stati catastrofici. Una volta sua suocera aveva dato da mangiare al bambino piccolo un uovo crudo, e tre giorni dopo era cominciata la malattia alla pancia di Peppino che per poco non se lo era portato via. Il bambino era ancora piccolo, e stava morendo, e l'uomo aveva messo piede sulla Luna. Rosaria era uscita sul terrazzo di via Duomo, aveva guardato in cielo e aveva pensato: 'Sanno arrivare fino a lassù, 'sti scienziati, e poi forse non riescono a salvare mio figlio. Ma che studiano a ffa'?' Un'altra volta, anni dopo, tornando prima dal lavoro per riprendersi Peppino, Rosaria lo aveva trovato legato con una corda robusta alla sedia del soggiorno, davanti alla televisione. Suo figlio nonostante tutte le apparenze e lo stato di costrizione non sembrava triste, né particolarmente scontento. Aveva gli occhiali che gli pendevano da un lato, e Rosaria sapeva di dover andare per lo meno a raddrizzarli, ma non riusciva a muoversi, troppo turbata da quella visione.

"L'ho fatto per lui, così non si muove e non si fa male..." aveva detto la madre di Antonio.

"Mamma... quante... quante volte gliel'avete fatto...?"

"Solo oggi. Era insopportabile. Sembrava proprio un diavoletto."

"Pure venerdì mi ha legato!" aveva protestato Peppino dalla sedia.

Ora, Rosaria non era esattamente una sostenitrice dei metodi pedagogici più moderni. Era pur sempre la stessa madre che passava il peperoncino spezzato sulle labbra di Peppino quando diceva una parolaccia, o che gli pungeva i piedi con uno spillone quando camminava scalzo per casa. Ma comunque la detenzione forzata le era sembrata troppo secondo qualsiasi standard degli anni settanta, e aveva deciso di chiudere per sempre con l'assistenza da parte di sua suocera. Ciò le aveva permesso anche di chiudere per sempre con un'altra cosa che non le piaceva, sebbene, se ne rendeva conto, fosse di minore importanza. Sua suocera faceva sempre disegnare a Peppino delle montagne altissime, tutte scure e minacciose, con i pennarelli marrone e nero. Mai il mare, sempre quei massicci neri neri. Rosaria le montagne non le aveva mai sopportate. Non che ne avesse vista nessuna, dal momento che la sua unica esperienza di prima mano si limitava a una gita, peraltro di poche ore, al monte Faito. A lei era sembrato di salire molto in alto, ma pare non avessero superato i cinquecento metri sopra il livello del mare. Contava quindi di continuare a non vederle, le montagne, e l'ultima cosa di cui aveva bisogno era di una nonna che inculcasse a suo figlio la passione per l'altezza, le Alpi, e le passeggiate per cercare l'Edelweiss, che come fiore, poi, non era niente di che.

Adesso, nei giorni in cui il mal di testa la costringeva a stare chiusa nella stanza, con le persiane accostate, nel silenzio più assoluto, si sentiva molto più tranquilla a pensare che il figlio era nelle mani della sorella, o del fratello, o, meglio ancora, di entrambi.

Peppino, sempre tenendo la mano di sua zia Titina, stava leggendo le insegne pubblicitarie all'interno del tram. Una diceva: "Istituto Jervolino: recupero anni perduti" e lui pensò che doveva essere bello, entrare in un istituto e potersi ricomprare gli anni che si erano persi. Lui, per esempio, non si ricordava più il compleanno dei suoi cinque anni e gli sarebbe piaciuto molto riaverlo indietro. Chissà se questo Istituto Jervolino si prendeva molti soldi. La zia lo strattonò leggermente e disse:

"Scendiamo qua."

Peppino si alzò sulle punte dei piedi, per scorgere qualcosa fuori dal finestrino, e vide le palme spelacchiate della Villa Comunale.

Quando scesero dal tram con un salto, Peppino pensò che sua zia lo avrebbe portato sulle macchinine a gettone, che gli piacevano tanto. Si riempiva la tasca di cinquanta lire, si metteva seduto sull'automobilina e la faceva correre veloce, per tutta la Villa, fino ad arrivare fuori dallo spazio in cui c'erano tutti gli altri bambini, pensando che se solo avesse voluto avrebbe potuto allontanarsi fino a non farsi trovare più. Ma appena svoltato un vialetto, non vedendo più gli altri bambini, si spaventava e puntualmente ritornava indietro. Quel giorno però sua zia superò le macchinine a gettone e proseguì dritta fino alla costruzione a due piani dove aveva sede il Circolo della Stampa.

Davanti all'ingresso, su una specie di treppiedi, c'era un cartello che diceva: "Oggi riunione dell'associazione Spezzate il cerchio. Piano terra". Peppino fece in tempo a leggerla sebbene la zia non si fosse fermata e avesse proseguito. Si sentì molto capace, e bravo. Era il primo della sua classe, in lettura.

Lo stanzone era immerso nella penombra, sebbene fuori ci fosse il sole. C'erano candele accese e una forte puzza di fumo. Le grandi tende scure erano tirate. Soprattutto, la stanza era piena di donne, solo donne, e di tutte le età. Peppino le guardava affascinato. Alcune erano più grandi di sua madre, e una sembrava proprio vecchia, e aveva i capelli tutti bianchi raccolti in una coda. Quasi tutte avevano addosso vestiti molto colorati: camicie larghe, caftani con dei brillantini luccicanti, magliette che sembravano quelle per cui sua madre si disperava quando venivano fuori dalla lavatrice piene di macchie di colore. Molte erano scalze. Nessuna di loro pareva guardarlo, o quanto meno rendersi conto della sua presenza. C'era una specie di palchetto, e una ragazza con una fascia sulla fronte stava parlando a un microfono. Ma teneva la faccia bassa, ed era difficile capire bene cosa dicesse. A Peppino arrivavano solo poche parole:

"... le tre ghinee... dobbiamo capire la lezione... rovesciare la situazione è una cosa che insomma... nelle case, sul lavoro... per le strade... spezziamo il cerchio con una risata..."

Titina prese Peppino afferrandolo sotto le ascelle e lo mise seduto su un mobile alto.

"Non ti muovere, che se cadi da qua ti fai male. Ti lascio qui sopra così sono sicura che non te ne scappi. Non parlare, non dire niente, non ti fare vedere. Qua i bambini non sarebbero ammessi. Stiamo facendo una cosa segreta, capito?"

"Sì."

Poi sua zia si allontanò e raggiunse le altre. Alcune la salutarono con grande affetto, altre un po' meno. Comunque, tutte con un bacio. La ragazza sul palchetto smise di parlare, qualunque cosa stesse dicendo, e si allontanò. Un'altra andò a mettere un disco su un giradischi. Peppino si accorse che sua zia stava fumando insieme ad altre ragazze. Si passavano una sigaretta, il che gli sembrava abbastanza normale, visto che sua zia, e per quanto lui sapesse anche le sue amiche, non avevano mai una lira in tasca e quindi dovevano per forza condividere. Quello che non capiva era perché dovessero fumarla coprendosi la bocca e praticamente mezza faccia con le mani. Si aggiustò sul mobile, tirando su le gambe e sdraiandosi, con le mani a cuscino. Intanto sua zia e quasi tutte le altre si mettevano sedute all'indiana, in cerchio, e cominciavano insieme a mormorare qualcosa.

Quando Peppino si risvegliò, molte erano ancora là, sedute nel cerchio. Una delle ragazze, che prima Peppino aveva visto con un camicione a macchie rosa e verdi, adesso se ne andava in giro completamente nuda, e sfilava davanti alle altre facendosi guardare. Si faceva guardare soprattutto tra le gambe, indicando il cespuglio di peli scuri che a Peppino sebbene fosse lontano parve enorme. Non riusciva a staccare gli occhi da tutti quei peli. Sua zia si era tolta la camicia e se ne stava in reggipetto bianco, a guardare. Da una parte del cerchio, due ragazze si stavano baciando. In bocca. Con la lingua. Peppino si sporse per vedere meglio e perse l'equilibrio, cadendo dal mobile alto. Fece un gran fracasso. Due delle ragazze si alzarono, sua zia si voltò. La ragazza nuda guardandolo fisso avanzò verso di lui.

"Ti sei fatto male? Vieni, fammi vedere..."

Peppino la vide muoversi verso di lui, nuda, tutta nuda, pure scalza, con tutti quei peli che si facevano sempre più vicini. Ci pensò solo un momento, poi si voltò e scappò via.

"Non c'è niente di male, hai capito? Facevamo 'sta cosa... Si chiama autocoscienza."

"E allora perché non lo posso dire a mamma e a papà?"

"Perché loro sono vecchi e non capiscono."

"Quelle due amiche tue si baciavano con la lingua, davanti a tutti! E quell'altra era nuda! E c'aveva tutti quei peli!"

"Sst! Non è il caso che lo facciamo sapere a mezza Napoli!"

"Ma se non c'è niente di male, perché non lo posso dire a tutti?"

Sua zia sospirò e guardò il mare. Ci aveva messo un po' a recuperare Peppino tra le palme, a convincerlo a seguirla sugli scogli, e aveva pure investito duecento lire in una gigantesca granita di limone, che a suo nipote piaceva tanto. Eppure non riusciva a calmarlo. Il bambino si era sovreccitato.

"Peppino, tu ti diverti a venire in giro con me, sì o no?"

"Sì."

"Allora, se dici a mamma quello che è successo oggi, io non ti porto più."

Peppino la guardò da sopra la granita.

"Va bene."

Non avrebbe parlato. Sua zia aveva sicuramente ragione. Era tutto a posto, non c'era niente di strano. La osservò mentre chiudeva gli occhi e si godeva l'ultimo calore del sole. Era bellissima, sua zia Titina. Non per niente era stata Miss Levagnole 1973.

L'elezione di Miss Levagnole 1973

L'estate precedente, cosa che Peppino non si stancava mai di ripetere a tutti, sua zia Titina era stata la vincitrice assoluta di un Concorso di Bellezza e, come recitava la fascia che in ricordo della serata Titina aveva appeso allo specchio della sua stanza, era diventata Miss Levagnole.

A Levagnole, frazione di Mondragone, non lontana da Castelvolturno, famosa per le mozzarelle di bufala, e abbastanza vicina a Baia Domizia, l'agglomerato semiurbano sul litorale che porta fino a Gaeta, tutta la famiglia Sansone affittava due villette gemelle per l'estate. La spiaggia era poco lontana, e sebbene il mare fosse così così, la sistemazione era abbastanza vicina a Napoli da permettere ad Antonio di raggiungerli tutte le sere dopo aver tirato giù la saracinesca del negozio Singer di Afragola. Sulla discesa, chiusa da una semplice sbarra di ferro arancione, che portava dalla strada statale Domitiana direttamente a casa loro, si ergeva un parallelepipedo di cemento, in cima al quale svettava un'insegna blu al neon che diceva a intermittenza: K13. Il nome era stato ispirato non dall'omonimo missile aria-aria di produzione sovietica entrato in servizio nel 1960, ma proprio dal chilometro 13 dell'arteria statale su cui il locale si trovava, che partiva da Formia per arrivare fino a Pozzuoli.

Il K13 era una discoteca piano-bar dove nei fine settimana suonavano i migliori complessi musicali del litorale domizio, i cui componenti non mancavano mai di colpire Peppino per la loro bruttezza fisica. Cercavano effettivamente di assomigliare ai musicisti dei gruppi più popolari, come i Dik Dik o le Orme, ma nei loro capelli lunghi e nelle loro camicie colorate c'era qualcosa di artefatto che non riusciva a ingannare il bambino, come se fosse evidente che i quattro musicisti che prendevano posto sul palchetto del night, la mattina dopo, smessi panni e acconciature da gruppo musicale, sarebbero andati a lavorare chi alle poste, chi in un caseificio, chi alla foce del Volturno. In ogni caso, nel circondario, il K13 riscuoteva un discreto successo. Qualcuno arrivava anche da Sessa Aurunca o da Cellole per sorseggiare un Cambusa One l'Amaricante sui divanetti di pelle scura dal design futurista (erano in effetti dei cubi quaranta per quaranta dall'equilibrio instabile, sui quali si scatenavano le invettive di nonno Pasquale che già due volte era caduto lungo a terra con il bicchiere in mano). Per la sera di ferragosto del 1973, il K13 aveva organizzato l'elezione di Miss Levagnole, invitando a partecipare alla manifestazione "tutte le affascinanti ragazze della zona", con tanto di lancio di volantini sulle spiagge per mezzo di un aereoplanino bianco. Titina Sansone, raccogliendo il volantino, aveva buttato lì, due giorni prima, con finta indifferenza, che le sarebbe piaciuto partecipare, e da allora nonna Carmela non aveva campato più. Si era messa in testa che sua figlia doveva vincere la competizione, a qualunque costo, perché se no ci sarebbe rimasta troppo male, e lei il male di sua figlia non lo voleva.

La sera di ferragosto, dalle ore ventuno in punto, tutta la famiglia Sansone al completo si era trasferita al K13 sopra alla salita. Peppino era esaltato. In quanto bambino normalmente non gli era permesso entrare nel night-club, e in effetti anche quella sera, dopo molte insistenze e diverse preghiere, l'ingresso gli era stato consentito solo a patto che Peppino non uscisse dai quadrati disegnati con le mattonelle bianche ai bordi della pista. Avrebbe dovuto seguire tutto quello che succedeva dalla periferia, ma a lui non importava, gli bastava già trovarsi lì dentro, e prima ancora che la serata cominciasse fissava ipnotizzato i dischi di luce che una palla ricoperta di specchietti sparava in cerchio sulle pareti e sul pavimento. Si mise buono in un angolo e aspettò l'ingresso in scena della zia. Per far sentire meno sola Titina, nonna Carmela aveva praticamente costretto a partecipare al concorso anche Anita, la ragazza del Frullone che in quei giorni usciva con suo figlio Salvatore, e Carla, compagna storica di studi di suo figlio Federico, una ragazza seria e timida che si prestò solo per riconoscenza nei confronti della madre del suo amico, a casa della quale tante volte aveva mangiato nel corso dei suoi studi. Ma le due concorrenti suppletive, nei piani di Carmela, dovevano servire solo a fare numero, a confondere le acque, a rendere apparentemente il trionfo di Titina più difficile. Le iscritte (Carmela si era informata dal pomeriggio) sarebbero state in tutto nove, il che significava che in realtà, tolte Anita e Carla, sua figlia avrebbe dovuto vedersela con altre sei pretendenti alla fascia d'onore. Carmela era piuttosto tranquilla; conosceva le altre ragazze per averle incontrate al minimarket sulla Domitiana, o dal giornalaio, o sulla spiaggia. Ai suoi occhi – ma, le sembrava, anche agli occhi del mondo – nessuna avrebbe potuto strappare il titolo alla figlia. I Sansone presero posto sui divanetti quadrati, tutti tranne nonno Pasquale, che preferì stare in piedi appoggiato a una colonna pur di non affrontare i maledetti cubi. Al momento della distribuzione delle pettorine numerate, Carmela si accorse con terrore che erano presenti in sala anche due cavallone bionde che somigliavano tali e quali a quella della pubblicità della birra Peroni. Chiese informazioni. Le venne risposto che si trattava di due nordiche che venivano dal vicino villaggio degli svedesi, dentro baia Domizia. Carmela si agitò. Riguardò sua figlia Titina, che indossava un completo fantasia a fiori su sfondo giallo che lei stessa le aveva cucito (minigonna vertiginosa, fascia a coprire il seno, ombelico a vista), e cercò invano di tranquillizzarsi. Inquieta andò a sussurrare al marito:

"Va a ferni' che le due zoccole bionde si pigliano la fascia di tua figlia." Pasquale squadrò serio le due zoccole bionde.

"Non ti preoccupare, che stasera vediamo chi è," disse solo con aria minacciosa.

Cominciarono le eliminatorie. Le ragazze sfilavano sul palchetto, sotto le luci colorate che tanto piacevano a Peppino. Carla, che aveva molta più dimestichezza con i libri di diritto che con le luci della ribalta, venne eliminata a tempo di record e raggiunse subito Federico, con il quale scambiò un breve sguardo che voleva dire: Questa figura di niente l'ho fatta solo perché voglio bene a te e a tua madre, e sia chiaro che se qualcuno mi ricorderà mai quando sarò magistrato questo momento io gli spezzo le gambe. Quanto ad Anita, la fidanzata di Salvatore, che fosse per darsi un tono o per effettiva mancanza di convinzione, sfilò con pochissima voglia. Poche ragazze, non solo nella storia dei concorsi di bellezza, ma della deambulazione in genere, avevano mai camminato in linea retta con un'espressione più palese di noia mista a disgusto e sufficienza. Fu la seconda a essere eliminata. La seguirono a ruota la figlia dell'elettrauto, la sorella della cassiera della polleria, e la giovane moglie del titolare del Lido Sporting, che avendo deciso di sfilare senza occhiali da vista prese pure una rovinosa caduta proprio davanti ai piedi della famiglia Sansone, si rialzò con la caviglia a pezzi, ma fingendo indifferenza, e zoppicò via dicendo: "Non mi sono fatta propeto niente..." L'ingresso in scena di Titina con il suo completo giallo suscitò un'ovazione, in verità animata soprattutto dai membri della sua famiglia. "Vedo che la numero 7 ha molti fans in sala," disse sornione il presentatore, che fungeva anche da cantante e frontman del gruppo I Guardiani della Risacca, chiamato da Sperlonga ad animare vivacemente la serata. Le svedesi avevano ovviamente superato il turno, e prima di passare alla prova successiva, Carmela spedì Antonio a parlare con il presidente della giuria (che era anche il proprietario del K13), per cercare di convincerlo che l'unica Miss Levagnole possibile era proprio Titina Sansone. Gli altri due membri della giuria erano la moglie del proprietario (corruttibile anche lei, pensava Carmela, per la proprietà transitiva della corruttibilità del marito) e la parrucchiera di Mondragone, Sisina, dalla quale si era recata a fare abbastanza tinte e permanenti da pensare di tenerla in pugno. Antonio, diligente, seguì le indicazioni della suocera e andò a parlare con il presidente. Gli fece tutto un discorso vago e confuso, con lo stesso tono suadente che usava per convincere le donne di Afragola e provincia a comprare una macchina per cucire. Il discorso in sostanza verteva su un unico punto: Miss Levagnole non poteva certo essere una straniera, dal momento che la prescelta avrebbe dovuto incarnare l'ideale di bellezza caratteristico del litorale domizio, e quindi in sostanza le svedesi per assenza di tipicità locale non potevano proprio trionfare.

"Anto', quando una è bella è bella, che c'importa da dove viene? Voi m'insegnate..." disse solo il presidente, e poi tornò a prendere posto con gli altri giurati, sua moglie e la parrucchiera.

Antonio tornò da sua suocera con la cattiva novella. Il presidente non voleva fare carte in nessun modo. Carmela si agitò ancora, mentre le sei finaliste, sul palchetto, affrontavano la prova di ballo danzando sulle note di una versione in dialetto napoletano di *Rumore* di Raffaella Carrà. Osservò sua figlia, che non perché era sua figlia, ma quant'è vero Iddio si muoveva con grazia e scioltezza. Le due zoccole svedesi parevano al confronto due mazze di scopa. Ma sarebbe bastato questo a non farle vincere? I Guardiani della Risacca terminarono la loro esibizione, e Salvatore, all'ennesimo annuncio del loro nome, si chiese con autentica curiosità:

"Ma 'sti *Guardiani della Risacca*... che cazzo s'a guardano a ffa' 'sta risacca?"

Dopo l'eliminazione di altre tre concorrenti, tra i divanetti ai lati della pista, i Sansone si consultarono sul da farsi. Carmela aveva una mezza intenzione di mandare a parlare con il presidente suo marito, che in effetti scalpitava per intervenire. Ma Pasquale era imprevedibile. Se il presidente gli avesse dato una risposta tipo quella che aveva dato ad Antonio, lui avrebbe potuto reagire con una bella capata in bocca e mettere così termine alla discussione. D'altra parte Pasquale alla fine avrebbe reagito a capate anche se Titina non avesse vinto il titolo, quindi violenza fisica per violenza fisica, stava valutando Carmela, tanto valeva farlo intervenire da subito, che magari poteva riuscire a ottenere qualcosa di utile. Mentre si discuteva, e Salvatore cercava di consolare Anita, che, si scoprì, era rimasta più male di quanto si pensasse a venire eliminata così presto, Rosaria senza dire niente a nessuno si avvicinò sorridente al presidente della giuria e da dietro una colonna gli fece un cenno che voleva dire: Permettete un momento?

La famiglia Sansone alla fine decise di non intervenire. Titina avrebbe dovuto farcela solo con le sue forze e il suo ombelico a vista (che quant'è vero Iddio era un bell'ombelico). Dopo un'ulteriore sfilata eliminatoria, sul palchetto erano rimaste solo Titina e la più bassa delle due svedesi (la più alta, evidentemente anche a giudizio della giuria somigliava veramente troppo a una cavalla). Con un rullo di tamburi dei Guardiani della Risacca, il presentatore lesse il verdetto finale. Ci furono attimi di terrore per la famiglia, ma poi Titina Sansone venne incoronata Miss Levagnole con tanto di fascia bianca bordata d'oro e coppa di vero peltro. Nonna Carmela era al settimo cielo.

"'A Maronna s'o vede!" esclamò, intendendo dire con quella espressione che era merito esclusivo della Vergine Maria quando sulla terra un'ingiustizia palese veniva sventata e il Bene trionfava supremo. Federico riprese con la sua superotto il volto sorridente di Titina che stringeva la coppa e piangeva pure, commossa, mentre Peppino superava il recinto di piastrelle bianche che gli era stato assegnato, e andava a baciare la sua bella zia. Lei lo prese in braccio e Peppino per simpatia si sollevò la maglietta, per far vedere alla sala che tutti nella sua famiglia avevano un bell'ombelico. Salvatore al momento della proclamazione stava consolando Anita nel campo sterrato appena fuori dal night-club, e si perse quegli attimi pieni di emozione a vantaggio di altri ugualmente densi. Antonio pensò che il discorso che aveva fatto al presidente, sulla necessaria veracità locale della vincitrice, aveva probabilmente colpito nel segno, proprio come quando le sue clienti pareva che non volevano comprare la cucitrice elettrica nemmeno con i catenelli nel naso e poi invece la compravano e come. Nonno Pasquale dall'emozione si mise a sedere su uno dei cubi di pelle e cadde per la terza volta lungo lungo, bestemmiando in un corposo elenco tutti i santi.

La mattina dopo, sulla spiaggia, Peppino era solo con sua madre Rosaria, che lo trascinava in acqua per le braccia cantandogli a mezza voce il *Tema di Lara* dal dottor Zivago, mentre lui batteva i piedi contento e faceva la schiuma. Peppino le chiese che cosa aveva detto al presidente della giuria la notte prima, quando era andata a parlargli da dietro la colonna. Rosaria sorrise e lo prese tra le braccia. Poi gli sussurrò all'orecchio:

"Gli ho detto che ero andata al bagno, e che prima di fare pipì avevo visto un topo grosso così che sporgeva da dentro alla tazza e se ne era scappato. E che se non voleva che lo andavo a denunciare subito subito alle autorità sanitarie, e gli facevo mettere i sigilli al locale, doveva fare vincere a mia sorella."

Poi sollevò l'indice della mano destra e se lo accostò alla punta del naso, per dire al figlio che non avrebbe dovuto raccontare quella storia a nessuno. Peppino fece lo stesso con l'indice della sua mano sul suo naso, per dirle che certo, quello sarebbe stato un loro segreto, mentre lontano, sulla spiaggia di sabbia grigia, avanzava dalle dune con dei grandi occhiali bianchi da sole e la fascia bardata d'oro appesa di traverso sul costume, sua zia Titina, la Miss Levagnole in carica, e qualcuno dagli ombrelloni vicini applaudiva e gridava "Brava brava", e lei tutta contenta rispondeva:

"Grazie, grazie, troppo buoni."

Michele, il cugino di Gennaro Superman, quello che se l'era visto davanti nudo con la mantellina la notte prima che morisse, lavorava come imbianchino, ma solo saltuariamente. Veniva assunto a giornata, quando c'era un lavoro da finire, una bella casa a cui mancava l'ultima mano su via Pietro Colletta, o un appartamento che aveva bisogno di una rinfrescata di bianco. Aspettava il lavoro da don Nicola Cioffi, che teneva l'impresa a piazza Ottocalli, e lo chiamava solo se e quando c'era effettivamente bisogno di lui. A fine giornata gli metteva in mano una somma variabile, che dipendeva dal suo impegno, dalla difficoltà del lavoro, ma soprattutto dall'estro dello stesso don Nicola, che quella mattina poteva essersi svegliato storto, stortissimo, oppure no. Adesso Michele si stava occupando di una grande stanza, un salone doppio, che affacciava su piazza Mercato. Ridare il bianco su quelle grandi pareti gli pareva lo aiutasse. A ogni parete che finiva si sentiva meglio, si sentiva uno che ha fatto il suo dovere e nessuno gli poteva tenere che dire. Dopo la morte di Gennaro gli sembrava di non aver fatto altro che pensare a quell'ultima notte in cui il cugino si era messo tutto nudo accanto al suo letto. Lo aveva raccontato alla madre non perché veramente lo volesse, ma perché lei lo aiutasse a capire. Ma sua madre non gli aveva offerto nessuna spiegazione, aveva ascoltato in silenzio tutto il racconto, e poi senza commentare si era raccomandata di non parlare di quell'episodio con nessuno. Prima di andare a riferirlo a sua sorella, a sua cognata, a due cugine di cui si fidava e a qualche conoscente sparso. Così Michele era rimasto con quella storia che non capiva e con tutti i suoi dubbi. Che voleva Gennaro da lui quando si era spogliato? Attaccò con il rullo bianco una delle pareti che il tempo e il fumo avevano fatto diventare giallognole. Voleva che lo guardasse? Voleva che lo toccasse? Voleva fare qualcosa con lui? Voleva solo essere rassicurato? Michele continuava a pensare che se lui avesse avuto il coraggio di dire una parola, una parola qualsiasi, se si fosse alzato dal letto lasciando cadere il giornaletto Kriminal e fosse andato ad abbracciarlo, forse il mattino dopo suo cugino non avrebbe aspettato il 111 barrato su corso Umberto, e non si sarebbe lanciato incontro alla morte. Ogni tanto, all'improvviso gli compariva in mente quell'immagine, il corpo nudo e indifeso di Gennaro che gli tendeva le braccia e gli chiedeva se erano uguali, se anche lui era fatto così. Il torace stretto e un po' incassato, senza peli, le braccia troppo sottili, un po' da femmina, proprio tutto il contrario di quelle di Superman. Nessuno in famiglia aveva pianto per Gennaro. Tutti dicevano che stava meglio dove stava, che era finita una vita difficile, che lui aveva tanto sofferto. Eppure Michele se lo ricordava sempre sorridente, con i suoi denti storti e quello sguardo di chi non si aspetta dal mondo niente di male. Sempre col sorriso, a parte quell'unica volta, quell'unica notte, davanti a lui.

Si asciugò il sudore dalla fronte, intinse il rullo nel bidone, poi lo appoggiò sulla parete che doveva imbiancare e disegnò una grande "S" sul muro, in onore di suo cugino che non c'era più. La guardò un istante, con un mezzo sorriso, e poi cominciò a coprirla con la pittura bianca. Doveva finire la stanza prima di sera, se no don Nicola non sarebbe stato contento.

La mia famiglia

Svolgimento

La mia famiglia è composta da mia madre che si chiama Rosaria e da mio padre che fa di nome Antonio. Non ho fratelli. Però ho i miei due zii piccoli che mi vogliono bene e che si chiamano Titina e Salvatore. Poi ci ho uno zio più grande che si chiama Federico. Pure lui mi vuole bene, ma però pensa solo allo studio per diventare avvocato e così non lo vedo mai. Io volevo molto che mia madre mi faceva un fratello o meglio ancora una sorella, ma lei ha detto di no che manco se la scannavano. Allora ho provato a chiedere un cane, ma peggio ancora, mamma non lo vuole manco sentire nominare. Pure quando siamo andati al cinema Arlecchino a vedere il film Walt Disney La carica dei 101, *lei si è agitata molto, perché ha detto che tutti quei cani zozzosi chissà quanto puzzavano e sporcavano e che il film non era fatto bene, perché nella storia mancava la mamma che poi alla fine doveva pulire tutto. Ho pure quattro nonni che mi vogliono bene, però due secondo me di più perché non mi picchiano tanto. A meno che non ho fatto qualche cosa di molto brutto come per esempio quando ho scassato il centro tavola con i fiori di Capodimonte di nonna Carmela, e lei me ne ha date tante ma tutti hanno detto che c'aveva ragione, e che faceva bene e che anzi le mazzate erano pure poche. Tutti i pomeriggi io faccio i compiti poi aspetto che cominciano le trasmissioni sul Secondo Canale alle quattro in punto. Alle volte mentre che aspetto che il disegno si muove e cominciano le trasmissioni della Rai Radiotelevisione Italiana, io mi addormento e mi sveglio quando i cartoni sono già finiti, allora non mi sento molto felice. Io voglio molto bene alla mia famiglia. La maestra Lina però è la mia seconda mamma.*

Peppino aveva conosciuto la maestra Lina un giorno di settembre del 1971, in prima elementare, alla scuola statale Adelaide Ristori di via Duomo, e si era sentito subito a casa. Il primo giorno di scuola la maestra li aveva aiutati a scrivere il loro nome (non il cognome) su un rettangolo di cartone che poi dovevano portare appeso al collo. Così imparavano a scrivere, si conoscevano fra di loro, e mentre facevano amicizia lei poteva memorizzarne in santa pace i nomi. In poco tempo Peppino era diventato il prediletto della maestra: sedeva al primo banco, faceva tutti i compiti, e leggeva pure meglio degli altri. La maestra Lina lo aveva seguito poi in seconda elementare e lo aveva assistito quando Peppino aveva dovuto portare gli occhiali, mettendo a tacere i compagni di classe che lo prendevano in giro e lo chiamavano "quattrocchi". Peppino aveva imparato fin dal primo mese di scuola che ogni bambino ha tre mamme: la mamma che sta a casa e cucina e lava e stira per noi, la maestra e la Madonna, che era la mamma numero tre, e che quindi nell'olimpo della signorina Lina nonostante gli attributi divini, l'immacolata concezione e la gloriosa ascensione al cielo, doveva accontentarsi di una medaglia di bronzo risicata. Peppino aveva memorizzato quella graduatoria senza nessuna difficoltà, così come faceva con le tabelline. Il fatto che fosse il primo della classe lo aveva sempre tenuto lontano dalla bacchetta di legno che la maestra Lina usava con i suoi alunni più refrattari, a cui insegnava le moltiplicazioni a suon di colpi sulle nocche delle mani, non troppo forti per la verità, ma nemmeno troppo deboli. Nessuno dei genitori dei bambini si era mai lamentato di quei metodi. Anzi, capitava molto più spesso che in classe arrivasse la madre di qualche bambino che si era ritrovato un brutto voto, la quale con parole accorate pregava la maestra Lina di mostrarsi più severa.

"Quello è un disgraziato! Lo so bene io che me lo sopporto a casa! Lo dovete picchiare se volete ottenere qualcosa di buono!" diceva la madre di turno, solitamente menando schiaffi al figlio in presenza del resto della classe. La madre di Cacace Fulvio in questo si era distinta: quando era venuta a scuola, a sentire che il suo bambino non leggeva tanto bene, aveva cominciato a picchiarlo così forte che la maestra Lina aveva dovuto chiamare la bidella per farla smettere, mentre il piccolo Cacace, chino sul banco, cercava di proteggersi la testa con le mani. Il motto che Peppino aveva sentito di più, durante i suoi anni di scuola era stato il temuto "Mazze e panelle fanno 'e figli belle", che propugnava il binomio bastonate e dolci per ottenere come risultato garantito dei figli modello. Il detto era completato dalla seconda e consequenziale parte, che sosteneva che "Panelle senza mazze fanno 'e figli pazze" a significare che i soli dolci senza l'uso complementare della forza fisica rendevano i figli mentalmente instabili.

Peppino, un po' per la consuetudine quotidiana, un po' perché si sentiva obbligato dal posto che occupava nella graduatoria delle madri, voleva effettivamente bene alla sua insegnante. Il che però non gli impediva di cogliere qualche aspetto sconcertante della sua seconda mamma. Prima di tutto, la signorina Lina vestiva con lo stesso pullover per tutti i sei giorni della settimana lavorativa, e solo il lunedì successivo cambiava abbigliamento, il che era contrario a tutte le norme igieniche che la stessa maestra gli faceva ripetere a scuola. Peppino non capiva perché la signorina li mettesse scrupolosamente una volta a settimana con la testa china sul banco e controllasse, passando una penna Bic tra i capelli degli alunni, che non avessero i pidocchi, e poi per quanto riguardava se stessa apparisse invece tanto trascurata. E se aveva una simpatia per lui, era pur vero che nutriva un'antipatia feroce per alcuni dei suoi compagni di classe, che aveva proprio preso di punta e con i quali, letteralmente, non vedeva l'ora di usare la bacchetta di legno, a volte con il solo pretesto di un'esitazione alla domanda: Cinque per sei? Un ulteriore elemento di sconcerto fu l'apparizione, in classe, della sorella della signorina Lina, che una mattina si trovò a passare per la Adelaide Ristori. Ora, se la maestra Lina non era in sé un modello di procace femminilità, sua sorella in compenso sembrava in tutto e per tutto un uomo. Quando, all'annuncio della bidella che c'era la sorella della signorina alla porta, Peppino vide entrare un essere con i capelli brizzolati tagliati corti, giacca, gilet e pantaloni marroni, una camicia a righe con una cravattina stretta pure marrone, e scarpe di pelle bicolore con i lacci, pensò che dovesse esserci evidentemente un errore. Peppino fantasticò anche che la sorella della sua maestra dovesse essere in realtà il suo fidanzato, che lei nascondeva in casa sotto falso nome, sebbene non ne capisse il motivo. In effetti quando la sorella della maestra parlò, fu poi chiaro a tutti i ragazzi che si trattava di una donna, sebbene il suo aspetto esteriore avesse causato sconcerto. Tutti gli alunni si guardavano con aperto sgomento. La piccola Minichiello Luisa, che in genere pareva non accorgersi di nulla di quanto accadesse intorno a lei e osservava tutto con la stessa imperturbabile indifferenza, pure quando le schiattavano con un botto le buste dei giambonetti vuote sulla faccia, se ne stava ora a bocca aperta, come di fronte a un miracolo. La sorella della signorina Lina parlava con una vocina sottile, sebbene ridesse poi con una voce sorprendentemente profonda. Bastò una visita di nemmeno quindici minuti a imprimere per sempre nella memoria di Peppino quell'apparizione, tanto che per qualche tempo se la sognò anche di notte, la sorella uomo della sua maestra. Comunque, nonostante la sorella, la bacchetta di legno e i pullover tenuti indosso fino allo stremo, Peppino amava la sua maestra. Un lunedì mattina la signorina Lina entrò in classe reggendo un crocifisso molto più grande di quello che avevano sulla cattedra, e lo sostituì in fretta al primo salendo in piedi sulla sua sedia e tirando fuori dalla borsa un martello e dei chiodi che si era portata dietro da casa. Lo aveva comprato a San Giovanni Rotondo, dove era stata in visita al santuario di Padre Pio insieme ad altre colleghe. Peppino si rese conto che quella visita doveva averla turbata in qualche modo, perché il lunedì mattina la maestra aveva addosso lo stesso pullover della settimana prima, il che pareva troppo esagerato perfino per lei. Ma non seppe mai cosa fosse successo laggiù, in quel paese vicino Foggia, nelle Puglie. Lo sapevano però le altre insegnanti, che erano partite con lei, e che avevano giurato di non parlare più dell'argomento, su richiesta della stessa signorina Lina, che le aveva pregate di dimenticare tutto sul pullman che le stava riportando a Napoli. Così non ne parlarono più, ma a volte vedendola passare nei corridoi dell'Adelaide Ristori si guardavano fra di loro e non potevano fare a meno di sorridere.

La maestra Lina va a San Giovanni Rotondo

Quella domenica il santuario era affollatissimo di fedeli, molti dei quali arrivati in pellegrinaggio da lontano, e per le confessioni c'era una coda fino a fuori che non finiva più. Si sapeva che i frati che erano stati più vicini al Padre dei Miracoli stavano vedendo in privato alcune persone, in qualche celletta del convento, e le stavano confessando con tutto comodo. Le maestre di Napoli, che erano in sei, pensarono quasi tutte che i prescelti fossero dei raccomandati, forse ricchi e famosi, sicuramente più fortunati, che non dovevano stare in mezzo a tutta quella folla come loro. Solo la maestra Lina, di cui si potevano dire diverse cose, ma non che fosse una malpensante, immaginò invece che dovessero essere più bisognosi di loro: malati, afflitti, mutilati, storpi di vario genere, forse pure gente in fin di vita, già con un piede nella fossa. Si passò la mano sulla fronte. Non si sentiva troppo bene, sebbene quella mattina, a Napoli, attraversando piazza Carlo III per andare all'appuntamento, avesse pensato invece di essere piena di energia. Durante il viaggio in pullman aveva sentito crescere una specie di inquietudine, e la campagna vista dietro i finestrini, che scorreva via veloce prima che lei potesse farsene un'impressione più decisa, le era apparsa violenta, troppo buia e umida. Avevano fatto una sosta, era stata costretta a servirsi di un bagno che al posto della tazza aveva un buco, e poi dopo, al bar, aveva osservato con un senso di leggera nausea tutti i panini disposti a schiera dietro la vetrina. Arrivata al santuario, non si aspettava di trovare tutta quella gente, e la folla dei pellegrini l'aveva messa in uno stato di grande agitazione. Dovevano essere centinaia, forse migliaia, e nonostante non fosse una giornata calda le sembrava in continuazione di sentire il loro sudore, aspro, amaro, e aveva l'impressione che la spingessero da una parte e dall'altra, come se lei non avesse più una volontà propria. Era approdata alla panca in chiesa come aggrappandosi con tutte le sue forze a una boa di salvataggio, paragone che nel suo caso era puramente teorico, dal momento che a differenza di sua sorella, che era una nuotatrice provetta e aveva due spalle così, la maestra Lina non aveva mai nuotato, limitandosi, quelle volte che da ragazza era andata al mare, a restare saldamente piantata a gambe larghe dove l'acqua le arrivava non più sopra del costume. La chiesa le dava un'impressione di chiuso, di caldo soffocante e di tomba. Pensò che se ci fosse stato un incendio sarebbero morti tutti tra le fiamme. Fantasticò sul posto che in caso di decesso le sarebbe stato assegnato nell'altro mondo, e sebbene generalmente quando pensava all'aldilà si concedesse per onestà intellettuale un periodo di attesa in Purgatorio, questa volta si disse che forse il fatto di perdere la vita in un santuario, durante una messa, davanti all'effigie della Madonna delle Grazie e fra atroci sofferenze, avrebbe potuto concederle un avanzamento, o una riduzione dell'attesa per l'entrata finale in Paradiso. "Voi siete una delle maestre carbonizzate a San Giovanni Rotondo? Prego, per di qua, non dovete aspettare."

Pensò ai bambini della sua classe, a cui faceva portare a scuola una stella di carta, ritagliata e colorata di giallo, da mettere su un cartoncino bristol vicino alla lavagna, ogni volta che pensavano di avere fatto una buona azione, e realizzò che lei non avrebbe mai potuto portare una stella da appendere, visto che negli ultimi due anni di buone azioni le sembrava di non averne fatta proprio nessuna. Poi, mentre la collega Scudiero, dietro di lei, diceva qualcosa alla collega Schiavone a proposito della pace che regnava dentro la chiesa (cosa sulla quale peraltro non si trovava affatto d'accordo, ma la Scudiero non ne diceva una giusta), venne attraversata come in un lampo dall'immagine dell'unico uomo che le fosse davvero piaciuto e su cui aveva fatto pensieri impuri: un ragazzo che era uscito dal mare, su una spiaggia popolare di almeno venticinque anni prima, sulla quale lei, sua sorella e sua madre stavano prendendo il sole in santa pace. Come se li avesse pensati tutti i giorni da allora (ma non era così. O invece sì?) rivide i peli del petto del ragazzo, tutti aggrovigliati e bagnati, con le goccioline dense di sale che luccicavano alla luce del sole e scendevano giù sulla pancia, fino al costume che la foga del nuoto aveva fatto abbassare appena sotto la linea dell'abbronzatura, lasciando scoperto mezzo centimetro di pelle bianchissima. Si vergognò talmente tanto di quel ricordo che si sentì avvampare, recitò mentalmente un Atto di dolore e cercò di recuperare il controllo. Ma niente, non ci riusciva, non c'era niente da fare. Nel momento in cui il giovane prete dal grande altare invitò tutti i fedeli a riflettere sui loro errori e a recitare "Confesso a Dio onnipotente e a voi fratelli che ho molto peccato...", proprio quando doveva battersi il petto entusiasta e contrita insieme a tutto il resto della chiesa, la maestra Lina aveva raggiunto un tale livello di agitazione da essere ormai completamente fuori di sé. E fu così che a voce alta, tanto che la sentirono le tre panche avanti, le tre panche dietro e almeno una ventina di fedeli disposti di lato, la signorina Lina proferì con enfasi, rivolta a se stessa, o forse al Padreterno, ma sicuramente non alle sue colleghe che mai avevano manifestato curiosità in proposito:

"Io mi masturbo! Sì! Io mi masturbo!"

Tutti rimasero allibiti. Le cinque maestre non avevano neanche il coraggio di muoversi. Schiavone guardò Scudiero come a dire: E mo'?

La maestra Lina dopo qualche secondo di sconcerto, sentendo confusamente di poter arrivare a fare anche di peggio, scavalcò diversi corpi e si lanciò nella navata della chiesa, diretta verso l'uscita, la mano destra chiusa a pugno che le copriva la bocca, le spalle curve in avanti e il passo più veloce che poteva. Le sue colleghe, ancora tra le panche, non sapevano cosa fare. Fu la Scudiero a spezzare il silenzio, commentando a bassa voce:

"... Sì, vabbe', pur'io l'aggio fatto qualche volta. Ma l'amm'a fa' sape' per forza a tutto 'o santuario?"

La maestra Lina, uscita all'aria aperta, trovò rifugio sotto un grande albero e pianse. Non avrebbe saputo dire perché, o forse sì, ma non voleva farsi domande per timore di doversi poi dare delle risposte. L'avrebbe spaventata troppo sapere con certezza che piangeva per le speranze perdute, per gli amori mancati, per i ragazzi sotto il sole usciti inutilmente dall'acqua del mare. Pianse ancora un po', ma prima che la santa messa fosse finita era già andata al negozio accanto al monastero a comprare per i suoi bambini un grande crocifisso da portare a scuola, si era ricomposta in un piccolo bagno che aveva trovato francamente molto sporco, e stava aspettando le amiche per ritornare a Napoli.

"La vedi questa bella ragazza sul giornale?"

Peppino un po' sospettoso si sporse a guardare l'immagine sull'*Intrepido* che gli stava mostrando suo zio Salvatore.

"Veramente non è tanto bella," rispose dopo una valutazione attenta.

"Eh, non è bella, ma che dici, è un po' bassa, ma quella è una rockstàr americana. Si chiama Suzi Quatro. Però il suo vero cognome è Quattrocchi, il padre è italiano e gli hanno cambiato il nome quando è emigrato in America."

Peppino guardò lo zio come a chiedere: E allora?

"Non capisci, si' scemo? Questa si chiama Quattrocchi. Come te."

"Ma che c'entra? A me mi chiamano quattrocchi a scuola. Mica è il mio cognome."

Salvatore cercò di spiegarsi meglio.

"... Eh, ma è la stessa cosa. Io ti volevo dire solo che si può essere Quattrocchi e diventare pure molto famoso, fare una bella vita..."

Peppino continuava a non comprendere.

"Ma questa poi non c'ha manco gli occhiali," disse indicando la foto sul giornale. Salvatore sospirò. Non capiva mai se suo nipote era troppo intelligente o troppo stupido. Quello che sapeva era che ogni volta che provava a fare qualcosa per aiutarlo, o per farlo almeno sorridere un poco, visto che pareva sempre un'anima lunga che aveva passato chissà quale guaio, si impantanava in discussioni snervanti, e riusciva solo a fare esattamente il contrario di quello che si era proposto.

"Peppi', lascia sta', fai finta che non ti ho detto niente, va bene?"

Peppino annuì.

"Che ti ho detto?"

"Niente."

"Bravo. Vogliamo andare dai greci, che è quasi ora?" propose lo zio.

Il bambino sorrise contento.

La comunità di universitari greci che studiava a Napoli, quasi tutti iscritti alla facoltà di architettura, si riuniva a piazza Nicola Amore, a metà giusta del corso Umberto I. Non si era mai capito perché avessero scelto proprio quel posto. Nella piazza c'era un piccolo bar, ma era un bar uguale a tanti altri, e avrebbero potuto trovare almeno dieci posti simili a quello. Una volta, uno di loro, che si chiamava Christos ma era basso e rincagnato e non teneva la barba, aveva spiegato a Peppino che neanche lui sapeva perché avessero scelto quel posto come seconda casa, ma forse era per quelle signore che reggevano i palazzi tutt'intorno alla piazza. Le signore si chiamavano Cariatidi, e in Grecia erano molto comuni, le avevano messe a reggere un sacco di case. Forse era stato quello. O forse il fatto che i Quattro Palazzi erano vicini all'università. Piazza Nicola Amore era uno dei tanti posti che a Napoli non venivano riconosciuti da nessuno con il loro vero nome. Tutti la chiamavano "i Quattro Palazzi", per la presenza appunto dei quattro edifici ai lati della piazza. Analogamente, dire "Abito al corso Umberto" non significava nulla e lasciava normalmente l'interlocutore attonito. Per farsi comprendere bisognava dire "Abito al Rettifilo", che rendeva giustizia alla linearità del grande corso che portava dalla stazione centrale fino a piazza Bovio, che – anche questa – rimaneva misteriosa a tutti a meno di non chiamarla "piazza Borsa". Corso Amedeo di Savoia era "la Via Nuova". piazza Sannazzaro era genericamente "Piedigrotta", e misteriosamente dire piazza Cavour accentando correttamente sull'ultima sillaba, era un errore, perché per i napoletani, che pure accentavano sull'ultima sillaba qualsiasi cosa, il nome francese andava invece retroaccentato e tutti correggevano con una punta di snobismo: "Vuoi dicere forse piazza *Càvour.*"

Comunque fosse, e nonostante la confusione toponomastica, i Quattro Palazzi erano diventati la sede della comunità studentesca greca, e i giovani Sansone, Titina e Salvatore, avevano familiarizzato con quel gruppetto che veniva a bere e a scherzare in strada a due passi da casa loro. Salvatore aveva anche avuto una breve storia con una ragazza greca, storia che si era interrotta su un conflitto culturale quando la ragazza aveva cercato di fargli comprendere le sottili differenze fra l'Ouzo e la Sambuca Molinari. "Ma tu me vuo' sfottere? So' tal'e quali!" aveva commentato Salvatore, e la storia si era compromessa sul nascere.

A Peppino i greci piacevano moltissimo. Gli sembravano ragazzi uguali a tutti gli altri, fino a quando non parlavano fra di loro in una lingua che gli pareva incomprensibile, misteriosa e affascinante. Sognava anche lui di avere una lingua propria, con cui poter parlare con qualcuno in modo che nessun altro riuscisse a capirlo. Ma poi pensava che prima avrebbe dovuto disporre di qualcuno con cui avere il desiderio di parlare in segreto, e non conosceva nessuno così. Quella sera, quando raggiunsero la piazza, i greci si stavano preparando a bloccare il traffico. Era una cosa che ogni tanto facevano, specialmente quando avevano esagerato con le birre prima di cena. Si mettevano d'accordo, con sguardi e cenni del capo, poi a un certo punto si abbracciavano tutti sulle spalle e si disponevano in fila orizzontale sul corso Umberto a ballare il sirtaki, scatenando il panico tra gli automobilisti e gli autisti degli autobus che stavano per finire il turno e non vedevano l'ora di tornare a casa.

"Uagliù, ma voi non tenete niente che fa' a sera a sera? Jamme, jatevenne affanculo 'e case vostre!" era l'invito più cortese che veniva rivolto ai danzatori dagli autisti degli autobus bloccati in coda. Ma i greci non si lasciavano scoraggiare, e continuavano a danzare sulla carreggiata. In mezzo a loro c'erano anche Titina e Salvatore, e spesso anche Peppino, che si divertiva da matti.

"Niente, cari signori viaggiatori, 'sti strunze 'e merda non se ne vanno se non hanno portato a termine il balletto di chi gli è morto," spiegava l'autista ai viaggiatori che protestavano.

A Peppino quella danza piaceva molto, specialmente quando gli capitava di trovarsi in mezzo a qualcuno che non conosceva, stretto a destra e a sinistra da due braccia più alte di lui, e da due facce sconosciute che gli sorridevano e che parevano dirgli: Non c'è niente di strano, anche se sei italiano, anche se sei piccolo, anche se porti gli occhiali con il nastro adesivo, puoi ballare insieme a noi e non te ne cacciamo. Soprattutto gli piaceva quando la musica diventava più veloce, più forte, più frenetica, e allora la fila di braccia si spezzava, e cominciavano tutti, greci e non, a girare su se stessi, cercando di tenere il tempo, sparpagliandosi per il Rettifilo, e Peppino girava, girava, girava sempre più veloce, fino a quando gli mancava il fiato e i palazzi intorno a lui si confondevano in un'unica macchia di colore e lui non capiva più niente e a volte si trovava con la faccia a terra, contro le pietre quadrate della strada, senza più il respiro, con il cuore che gli batteva in gola, pieno di felicità, fino a quando qualcuno non veniva a rialzarlo.

Peppino corse nel bagno della scuola ricacciando furiosamente indietro le lacrime. Voleva assolutamente impedirsi di piangere, almeno finché c'era qualcuno in giro che poteva vederlo. La cosa che gli bruciava di più non era quella di aver perso tutto il mazzetto di figurine con cui era uscito quella mattina da casa, quanto il fatto di averle perse ingiustamente, con un trucco, e nessuno, nessuno dei suoi compagni lo aveva sostenuto e si era messo dalla sua parte. Si erano tutti schierati con quel figlio di 'ntrocchia di Fulvio Cacace. Era vero che Peppino per il gioco del coppetiello non era particolarmente portato, ma quella mattina non aveva avuto nemmeno modo di manifestare la sua inabilità. Si trattava di disporre sul banco di scuola un mucchietto di figurine, per metà tue e per metà dell'avversario, a faccia in su, avendo cura di piegare i bordi perché fossero il più concave possibile, e il mucchietto sembrasse una "C" rovesciata pancia all'aria. Poi quello dei due contendenti che vinceva la conta aveva il diritto di gareggiare per primo, dando uno schiaffo sul banco, colpendo la superficie azzurrina accanto al mucchietto di figurine. Lo spostamento d'aria faceva girare le figurine. Tutte quelle che si voltavano a faccia in giù diventavano allora di proprietà di chi aveva sferrato il colpo. La correttezza nel gioco consisteva proprio nel fatto che il mucchietto di figurine non dovesse essere neanche sfiorato dalla mano che si abbatteva, ma bisognava che si muovesse solo per la spinta dell'aria. Fulvio Cacace, oltre ad avere una diabolica quanto sospetta abilità nella conta, abilità che per cinque volte di seguito gli aveva fatto dare il colpo per primo, aveva toccato per tre volte il mucchietto di figurine. Peppino lo aveva visto benissimo, aveva protestato, aveva chiesto agli altri di testimoniare in suo favore. Ma tutti si erano messi dalla parte del maledettissimo Fulvio Cacace, figlio del benzinaio Pietro detto Maciste con stazione a rua Catalana, che così si era preso le sue ottantasette figurine. Adesso Peppino sarebbe stato escluso dai giochi fino al giorno dopo, sempre che fosse riuscito a convincere suo padre a comprargli qualche altra bustina di calciatori dal giornalaio. Quando aprì la porta del bagno, per rifugiarsi dentro, Peppino si accorse subito che c'era un'altra persona, e abbassando automaticamente gli occhi disse solo: "Scusate" e fece per uscire di nuovo. Si bloccò immediatamente, ancora con la mano sulla maniglia, realizzando che conosceva quella figura, quella calzamaglia e quel pullover a collo alto.

"Ciao Peppino. Chiudi la porta."

"Gennaro... che ci fai nel bagno di scuola mia?"

"E che vuoi che ci faccia? Ti pensi che devo fare pipì? Sono volato fin qua appositamente per te."

"E da dove sei entrato?" chiese Peppino, a cui non era sfuggito che il bagno era senza finestre, e che quindi a parte lo scarico della tazza non c'erano altre vie di accesso.

Gennaro scosse la testa piano come a dire: Ma come, tu sai che io so' morto, e pure sto qua e ti parlo come se fossi vivo e vegeto nel gabinetto dell'Adelaide Ristori, e perdi tempo a fare queste stupide domande razionali? Ma lasciò correre. Invece disse solo:

"Superpoteri. Sono venuto perché ho visto quello che è successo stamattina, e volevo dirti che hai ragione. Fulvio Cacace ha imbrogliato."

"Lo sapevo!" disse trionfante Peppino. "E adesso?"

"E adesso cosa?"

"Ti fai ridare le figurine che si è arrubato da me?"

"No," rispose Gennaro. "Questo non posso farlo. Non posso intervenire e farmi vedere da lui."

"Allora troverai un altro modo per fargliela pagare, per fare giustizia. Tipo che quando stiamo uscendo dalla scuola tu gli vai alle spalle e con un supersoffio lo spingi giù dalle scale, così cade per tutti gli scalini, si ciacca e me la paga."

"No, non posso fare neanche questo. Non sono capace di fare male alla gente."

Nel bagno dell'Adelaide Ristori scese un momento di silenzio. Peppino sembrava turbato e anche un po' arrabbiato.

"Scusa Genna', ma allora che sei venuto a fare?"

Gennaro si mise tutto dritto, quasi stava per offendersi. Quel bambino teneva sempre che dire, non importava quanto uno si sbattesse per lui nonostante tutti i fatti che teneva per la testa.

"Peppino! Sono venuto a portarti una cosa molto più importante di una vendetta meschina e inutile. Sono venuto fino a qua in questo gabinetto per dirti che hai ragione, e che non sei solo, perché io ho visto quello che è successo. Non ti basta la consapevolezza di sapere che sei nel giusto per sentirti meglio?"

A Peppino non gli bastava, manco per niente. Ma Gennaro si era evidentemente incazzato, e a lui le cose gli andavano già abbastanza storte, non poteva rischiare di mettersi contro pure Superman, con tutto quello che già stava passando. Per cui disse solo:

"Sì, hai ragione, scusami."

Gennaro parve contento della risposta.

"Bene. Anche questa missione è compiuta," concluse con soddisfazione. Peppino abbassò gli occhi sui piedi di Gennaro e si accorse che, dal momento che come al solito non portava scarpe, i piedi di Superman nella calzamaglia blu si erano tutti bagnati dell'acqua lercia mista a pipì che ristagnava sempre sul pavimento del gabinetto dell'Adelaide Ristori, visto che la bidella non passava la pezza manco se la cecavano. Ma siccome Gennaro faceva finta di niente, decise anche lui di adeguarsi per non metterlo in imbarazzo. Gennaro lo guardò con intenzione e disse:

"Ora vado. Ma non mi dici niente? Non noti niente di diverso?" Peppino lo squadrò. Non notava niente.

"Veramente, no."

"Tu sei troppo concentrato su te stesso, bambino. Questo non è bene. Tie' guarda qua!"

Gli mostrò le mani. Sembravano molto curate. Soprattutto le unghie erano di un bianco abbagliante.

“Mi so’ fatto le unghie. Fine, eh? C’ho passato solo un velo di smalto bianco opaco, niente di appariscente.”

Peppino non sapeva cosa dire. Il suo Superman, sebbene avesse intuito fin dall’inizio che era un supereroe un po’ particolare, continuava a sorprenderlo per i suoi comportamenti.

“Belle,” disse quindi, non volendo contrariarlo. Gennaro si sistemò sulle spalle la mantellina rosa da parrucchiere e aprì la porta del bagno.

“Ti lascio qui. Fa’ quello che devi fare. A me nuove imprese mi attendono.” E dette queste parole, uscì dal bagno aprendo la porta. Peppino rimase per un momento così. Non aveva niente da fare lì dentro. Ci era entrato solo per piangere, e adesso, comunque, la tristezza gli era passata. Uscì di nuovo, andò alla finestra del corridoio e guardò in giù, prima sulla strada e poi nel cielo, per vedere se c’erano tracce di Gennaro. Niente, si era volatilizzato. Un po’ perplesso ritornò in classe deciso a non dare nessuna soddisfazione a Fulvio Cacace.

Federico non riusciva a studiare tanto tranquillamente, con Peppino seduto poco distante da lui. Era abituato a stare solo nella stanza, con il suo libro di procedura civile, e il bambino, anche se così silenzioso, anzi forse proprio per il suo silenzio, un po' lo inquietava. D'altra parte non c'era niente da fare. I suoi due fratelli erano scomparsi chissà dove, e come sempre non si poteva contare su di loro. Non li capiva, né loro, né quello che facevano, né come andavano vestiti. Si atteggiavano tanto a internazionali, Titina e Salvatore, amavano i Beatles e i Rolling Stones, e poi quando tenevano fame, andavano sempre a finire a Porta Capuana a farsi la zuppa di cozze con la ranfa di polipo che spuntava da dentro. Sua madre e suo padre invece erano andati a trovare la zia Zitella, il cui figlio Ciro a Milano aveva appena avuto un bambino. Non potendo raggiungere direttamente il giovane Ciro nel capoluogo lombardo per felicitarsi con lui, i coniugi Sansone si erano decisi ad andare a trovare almeno la nonna del bambino appena nato alla più vicina Anticaglia, portando con sé, come era obbligatorio fare, un chilo di zucchero e mezzo chilo di caffè macinato fresco della torrefazione Tico. La notizia della paternità di Ciro aveva riempito di gioia tutta la famiglia. Nel giro di tre anni il figlio della zia Zitella (che continuava a venire chiamata così da quando aveva ventotto anni e non si era ancora sposata, nonostante avesse poi trovato marito appena superata la trentina, quando nessuno ci sperava più, e sfornato anche cinque figli) aveva incontrato a Milano una brava ragazza, si era sposato e riprodotto, nonostante la sua trasferta al Nord non fosse cominciata sotto i migliori auspici. Appena arrivato a Milano per fare il facchino, Ciro era rimasto sconvolto dalla velocità con cui si muovevano tutti, e perplesso, ma desideroso di integrarsi, aveva cominciato a correre anche lui per le strade, pur non avendo nessun posto in particolare dove recarsi. A un tratto, dopo un bel po' di corsa frenetica, aveva trovato rifugio in un portone e appoggiato a un muro, con il fiatone, si era finalmente chiesto: "Ma io, ma che cazzo corro a ffa'?"

Ora i racconti di mancata integrazione che aveva fatto in teleselezione alla madre, talvolta accompagnati da un pianto liberatorio, sembravano molto lontani. Ciro era felice, e Federico, che era cresciuto con lui, teneva una foto del ragazzo sulla libreria proprio a destra della sua scrivania. Anche a Federico sarebbe piaciuto mettere su famiglia, ed era sicuro che un giorno lo avrebbe fatto, una volta vinto il concorso, una volta che fosse diventato avvocato. I bambini lo commuovevano più di ogni altra cosa, ma nessuno se ne accorgeva mai, perché in realtà davanti a loro Federico si paralizzava, come quel pomeriggio stava succedendo davanti a suo nipote Peppino. Aveva paura di toccarli, di giocarci, di prenderli in braccio, sicuro com'era che avrebbe detto e fatto la cosa sbagliata. Guardò Peppino che se ne stava seduto zitto zitto a colorare un libro, e pensò che avrebbe voluto dirgli che studiava così tanto anche per lui, per tutta la famiglia, perché suo nipote potesse avere degli occhiali sani e tutto quello che desiderava. Voleva dirgli che un giorno lui si sarebbe levato tutti gli schiaffi dalla faccia, e li avrebbe tolti a tutta la famiglia Sansone. Che sarebbe diventato un avvocato ricco e importante, avrebbe avuto una casa a via Orazio, dalla quale si vedeva il mare tutti i giorni dell'anno, e avrebbe dato delle bellissime feste di Natale, e tutta la famiglia si sarebbe riunita, e a cantare per loro ci sarebbe stato Peppino di Capri, o Roberto Murolo, e loro sarebbero stati tutti felici. Voleva dire a Peppino, di cui era stato compare di battesimo, e a cui aveva regalato l'enciclopedia *I Quindici*, che doveva solo aspettare un poco, tenere duro, sopportare che lui studiasse ancora qualche anno, e facesse pratica in uno studio e poi cominciasse a esercitare per conto suo, e tutto sarebbe cambiato, e anche Rosaria non sarebbe stata più esaurita chiusa in una stanza, e Titina e Salvatore non sarebbero stati così scombinati, e sua nonna Carmela non avrebbe più dovuto cucire e fare riparazioni di sartoria in casa per tutto il quartiere. Gli venne in mente che forse, perché tutto questo si realizzasse, sarebbero dovuti passare troppi anni, e Peppino nel frattempo sarebbe diventato un ragazzo grande, e di quella sua infanzia avrebbe ricordato solo gli occhiali rotti, la madre a letto, i fogli da colorare e i silenzi di suo zio. Allora chiuse il libro, prese nel cassetto un po' di soldi che teneva da parte, nascosti in una scatolina in cui una volta c'era stata una bomboniera, e disse al nipote che sarebbero andati a fare una cosa che era contro la sua religione, e che rappresentava per lui lo spreco massimo: sarebbero andati a giocare a flipper al bar di largo Donnaregina, e lo sguardo di felicità di Peppino, quando lasciò il pennarello e lo sollevò su di lui, per un momento mise in discussione l'ordine delle priorità nella vita di Federico.

Il giorno più bello della mia vita

Svolgimento

Il giorno più bello della mia vita è successo l'anno scorso quando avevo sei anni e mia madre e mio padre mi hanno portato al parco giochi Edenlandia, che si trova a Fuorigrotta, Napoli, Campania. Quella domenica mattina resterà per sempre scolpita nella mia memoria. Abbiamo fatto molti giochi, Dumbo l'elefantino volante, il serpentone, gli aerei, la canoa nell'acqua vera, il Vecchio West, e le macchine tozza tozza, dove mia madre si è preoccupata che mi potevo spaccare la faccia. Ho pure vinto una pistola da cowboy al gioco delle reti e delle palline colorate, ma non perché ce ne avevo più palline colorate degli altri bambini, ma perché papà conosceva la signora di Casoria che contava e si era comprata una macchina Singer, e si è abbaccato con lei che ha contato più palline di quelle che c'erano e mi ha dato il premio. Papà ha comprato una graffa con lo zucchero calda calda per mamma, che però non la voleva e allora lui gliel'ha infilata a forza in bocca e lei diceva: "No, no, Anto' che fai," ma si vedeva che invece stava scherzando con lui e che la graffa le piaceva e pure molto. Poi abbiamo messo la carta sporca nella bocca di un porcellino di plastica, che dopo doveva ringraziare e dire che eravamo persone pulite con la sua voce registrata, ma invece quando papà ha messo l'orecchio al muso del porcellino ha sentito solo una brutta parola perché dietro al porcellino si erano nascosti due ragazzi scugnizzi che al parco giochi Edenlandia non ce li devono fare entrare e invece ce li fanno entrare lo stesso e hanno detto "Vafanculo strunz" al mio papà. Dopo tutti questi giochi così belli che papà ha detto che abbiamo speso un montone di soldi, ci siamo messi nella macchina per andare a mangiare il capretto dalla nonna, ma per chi non lo preferiva c'era anche il ragù. Io voglio tornare ancora al parco giochi Edenlandia a Fuorigrotta, Napoli, ma adesso non possiamo perché la mia mamma non sta bene e soffre molto per certi mal di testa. Povera mamma. Papà dice: Se stiamo buoni buoni e se faccio il bravo bambino e non scasso dalla mattina alla sera mia mamma guarisce presto. Perciò io lo faccio e speriamo bene, raccomandandoci intanto a tutti i santi giorno e notte.

Nella sala d'aspetto della Usl numero 43 non c'era nessuno, e Rosaria ne fu contenta. Si era già preparata una serie di scuse, da usare nel caso in cui avesse incontrato qualcuno che conosceva, ma anche qualcuno che non conosceva. Nel caso insomma che avesse anche solo incidentalmente incrociato una persona qualsiasi che potesse pensare che lei era lì per una visita dal medico dei pazzi. Invece, il deserto. Rosaria prese posto su una delle sedie, davanti alla porta chiusa del medico. In realtà non si trattava di una vera e propria sala d'aspetto, né quanto a questo, di un vero e proprio ambulatorio. Le stanze necessarie per la Usl numero 43 erano state ricavate da un vecchio e grandioso albergo del centro, L'Hotel de Londres, che affacciava proprio su piazza Municipio. Una volta quelle stanze in cui adesso si muovevano stanchi o agitati ammalati in cerca di diagnosi, di smentite, di conforto, avevano visto passare turisti ricchi e divertiti, perfettamente in salute, che potevano permettersi di alloggiare proprio di fronte alla stazione marittima, da dove poi sarebbero probabilmente partiti per le isole. Rosaria guardò la carta da parati a fiori tutta stinta dal sole, i cavi aggiunti dell'impianto elettrico, che attraversavano in un tubo grigio tutte le pareti, il grande neon al centro dove una volta doveva esserci un maestoso lampadario, forse di cristallo. Era arrivata puntuale, ma la porta era chiusa, e il dottor Matarrese ancora non si vedeva. Impaziente e un po' inquieta, si alzò in piedi. Non aveva nessuna idea di come si parlasse a uno psicologo, e lei che già normalmente nella vita di tutti i giorni non teneva genio di parlare, quella mattina si era svegliata con la ferma intenzione di dire al dottore il meno possibile. Le avrebbe prescritto delle pillole? Le avrebbe dato dei farmaci che non le avrebbero permesso di fare più niente, cucinare, andare al lavoro, preparare la zuppa di latte la mattina a Peppino? Le avrebbe fatto smettere di amare Antonio? Avrebbe dato la colpa di tutto a sua madre? L'avrebbe giudicata, rimproverata, consolata? Non riusciva a respirare, e sentiva il mal di testa che stava per tornare, come una presenza che si affacciava nella sua testa, come un animaletto che sbucava da dietro un angolo e la guardava con un sorriso e le diceva: Che ti credevi, che me n'ero andato? Si diresse alla finestra di legno, e la aprì, facendo un po' di forza. Poi si sporse fuori. Sotto di lei, piazza Municipio sembrava piena di un'allegria distratta, un'allegria tanto per fare. Davanti al porto si era fermato un pullman, una colonna di auto scendeva giù verso via Marina, e sul prato del Maschio Angioino una bambina sgraziata, vestita di bianco, si faceva delle fotografie insieme ai suoi parenti. Rosaria guardò in basso. Aveva sempre sofferto di vertigini, e per questo aveva sempre odiato le altezze. Adesso però riusciva a guardare il marciapiede di mattonelle rossastre, in basso, senza nessuna paura. Pensò che da bambina con suo fratello e qualche cugino le piaceva uscire in balcone per sputare sulle teste dei passanti in strada, e per un momento si sentì così vicina a suo figlio Peppino da provare il desiderio di stringerlo forte a sé. Continuava a guardare il marciapiede sotto di lei, e all'improvviso avvertì un tepore più intenso, invitante, come se il sole che fino a quel momento le aveva colpito il viso diventasse di colpo più caldo, molto più caldo. E non era una sensazione spiacevole. Chiuse gli occhi, distratta, senza più nessun pensiero, mentre sentiva le braccia che si facevano pesanti oltre la ringhiera, senza più vita.

"... La signora Sansone?"

Impiegò un momento più del dovuto a voltarsi, come se staccarsi da quel sole e da quella finestra che guardava in basso in maniera così seducente le costasse un po' di fatica. Il dottor Matarrese era sulla porta, in camice bianco.

"Mi scusi, in realtà ero dentro. Ma mi sono distratto, mi so' perso dietro a un pensiero, e ho dimenticato di aprire la porta." Le sorrise per un momento. Matarrese era alto, e doveva avere poco più di quarant'anni. I capelli biondi gli si erano diradati sulle tempie e aveva delle piccole rughe intorno agli occhi, che diventavano più lunghe e più profonde quando sorrideva. Stava cominciando a invecchiare, e questo sembrò a Rosaria immediatamente confortante. Lo raggiunse sulla porta ed entrò dentro senza dire una parola, sostituendo il saluto con un cenno veloce del capo. La porta si chiuse dietro di lei.

La stanza in cui il dottore riceveva era grande e luminosa. C'erano solo una scrivania, due poltrone e un piccolo divanetto. La carta da parati era di un colore azzurrino, che diventava quasi bianco alle spalle del dottore, dove il sole l'aveva schiarita di più. Su un lato della stanza, si vedevano tre rettangoli più scuri in fila, dove una volta dovevano esserci stati dei quadri. Vedute. Scene di caccia e pesca. Immagini di piante officinali. Il dottore si mise seduto dietro la scrivania e aprendo una cartellina riepilogò quello che aveva saputo di Rosaria dal suo medico curante. Rosaria si limitava ad annuire, fece solo una precisazione sull'età di suo figlio, che aveva sette anni quasi otto, e non sei. Poi ci fu il silenzio. Rosaria sapeva di dover parlare, di dover dire qualcosa, qualsiasi cosa, ma non riusciva a farlo. Si domandava perché il dottor Matarrese non l'avesse fatta stendere sul divanetto alle sue spalle, pensava che forse lì sarebbe riuscita a dire qualcosa, o quanto meno non si sarebbe sentita così tesa, e avrebbe comunque riposato le gambe. Passò più di qualche minuto. Il dottore aspettava tranquillo, poi improvvisamente si schiarì la voce.

"Immagino che lei si stia chiedendo chi sono io."

Cominciò a parlare di sé, le disse che si chiamava Enrico, le raccontò della sua famiglia, di suo fratello che faceva il pediatra e aveva tre bambini e stava a Roma, dei suoi studi. Le disse che era sposato, ma non aveva figli e viveva con sua moglie ai Quartieri Spagnoli. Le disse perfino che aveva perso sua madre da poco. Rosaria lo ascoltava, e superato il primo momento di sconcerto si abbandonò alle parole del dottore come se seguisse un racconto. Dopo circa una decina di minuti, e dopo averle raccontato il suo sogno di avere un giorno un ambulatorio tutto suo, il dottor Matarrese si interruppe e la guardò con un sorriso.

"Non è necessario che mi dica niente, oggi. Volevo che sapesse delle cose di me, prima che si sentisse in dovere di parlare lei. Ci sono degli psicoterapeuti che non parlano mai di sé, e questo normalmente è di rigore nella terapia. Ma io vorrei che lei pensasse ai nostri incontri come a delle chiacchierate, senza pensare che debbano servire, nell'immediato, a qualcosa. Non pensi di dover dire nulla di fondamentale o di importante. La prossima volta mi racconterà quello che vuole," sorrise. "Se non altro in segno di buona creanza, visto che io le ho detto tante cose di me."

Si alzò in piedi come a congedarla. Rosaria rimase seduta.

"Oggi non ha più tempo?" chiese.

"Ho tutto il tempo che vuole," rispose il dottore.

Rosaria si morse appena il labbro. Poi cominciò a parlare, e chissà perché gli raccontò di quello che era successo all'ultimo anno di istituto tecnico, alla scuola per ragionieri Armando Diaz, quando in un compito in classe per la prima volta in cinque anni aveva copiato dal suo compagno di studi, e di come dopo si fosse sentita male. Il dottore l'ascoltava attento e sembrava non stupirsi di nulla, e non le chiese perché avesse cominciato proprio da lì.

"E che ha fatto, t'ha dato qualche cosa da prendere? Qualche pinnolo?"

Rosaria all'altro capo del telefono scosse la testa e spiegò a sua madre Carmela che il dottore non le aveva prescritto nessuna pillola. Neanche gocce, o iniezioni. Niente. Niente medicine.

"E che avete fatto là dentro per un'ora sana?"

"Abbiamo parlato."

"Avete parlato? E chesta fosse 'a cura?" le fece eco sua madre. Rosaria si vergognò e non disse più nulla. Dall'altro lato del telefono Carmela sospirò allontanando il ricevitore perché sua figlia non sentisse. Poi cambiò velocemente argomento.

"Rosa' più tardi passo da casa tua e ti metto nell'ascensore un pezzo di parmigiana. Ho dovuto cucinare tutto il giorno perché i tuoi fratelli hanno avuto la bella idea di invitare a cena Tonino 'o Boxèr con la fidanzata."

"Tonino si è fidanzato? E quando?"

"Due settimane fa. Titina dice che è meglio che ci muoviamo a conoscerla, a questa, prima che si rende conto di come è fatto 'o Boxèr e se ne fugge a gambe in spalla."

"Mammà, ma ti sento infastidita... Non sei contenta di avere Tonino a cena? T'è sempre stato simpatico..."

"Sì, so' contenta, so' contenta... solo che oggi è mercoledì, e mi fanno perdere il film sul Secondo, che io quegli svaghi tengo, il film sul Primo Canale il lunedì e sul Secondo il mercoledì. Poi ci sta 'sta cosa antipatica che dobbiamo stare tutti attenti, perché Titina e Salvatore hanno detto che a Tonino non lo posso chiamare Boxèr davanti alla fidanzata, che quella non sa niente del suo passato e c'hanno paura che s'impressiona e scappa prima del tempo. Dico io, tanto se scappa comunque, meglio prima che poi. O no? Che poi 'sta fidanzata, pur'essa, si chiama Maria ma la dobbiamo chiamare tutti *Marisa* con la esse per mezzo, perché lei si fa chiamare così, ci tiene, dice che è più fine. Vedi che capa fresca. Insomma, io stasera mi devo stare accorta, perché come chiamo qualcuno col suo nome vero, sbaglio e succede una tragedia a tavola. Già sto nervosa. Vuol dire che se mi esaurisco vengo pure io a fare due chiacchiere col dottor Matarrese..."

Rosaria non disse niente, e Carmela capì di avere commesso un errore. Voleva fare una battuta, con leggerezza, e invece aveva sbagliato e sua figlia c'era rimasta male. Avrebbe voluto chiederle scusa, e invece le disse solo:

"Peppino me lo tengo ancora io, pure a cena, va bene? Così tu ti riposi un altro poco."

"Va bene, mamma, grazie."

Si salutarono, e le scuse rimasero non dette. Carmela riagganciò. Avrebbe voluto ritornare indietro e riprendersi quelle parole, e non poteva.

Sbuffò. Ogni volta era così, con i suoi figli. Aveva sbagliato in tante di quelle occasioni da non ricordarselo più, d'altra parte, si diceva sempre, con quattro figli era impossibile non sbagliare. Ma ogni volta le rimaneva quel senso di impotenza. Tutto quello che voleva era risparmiare loro delle sofferenze, e invece intuiva in certe occasioni che pur non volendo ne era proprio lei, stranamente, la causa. A volte immaginava di potersi mettere al centro della casa, nell'ingresso, sotto il lampadario che teneva metà delle lampadine fulminate, allargare le braccia e attirare su di sé come una calamita tutte le cose brutte che capitavano ai figli, tutti i dolori, le malattie, le insoddisfazioni, i lamenti, le tristezze. Questo solo doveva essere alla fine, per diventare una madre come si deve: doveva essere come uno straccio per lavare a terra che prendeva su di sé tutto quello che era sbagliato. Ma siccome sapeva ormai che questo per quanto si sforzasse non era possibile, andò a controllare la parmigiana nel forno, che non sia mai si bruciava.

La vera storia di Tonino ’o Boxèr

A diciotto anni appena compiuti, nel marzo del 1965, Tonino Abbate era la speranza sportiva del quartiere Pendino-Mercato. Non particolarmente alto, non particolarmente robusto, e neanche particolarmente bello (sebbene questa deficienza estetica avesse sicuramente meno peso sui suoi futuri destini sportivi), Tonino era tuttavia abbastanza veloce sulle gambe, e quando un po’ per curiosità, un po’ perché non teneva niente che fare, si avvicinò alla scuola di pugilato Fulgor, la sua prima prova sul ring fece esclamare al vecchio allenatore Fefè Capabianca: “Questo ragazzo tiene stoffa.” Fefè aveva superato la settantina, ma negli anni d’oro aveva allenato tutti i campioncini di pugilato di Napoli, portandoli con successo alle selezioni regionali e qualcuno piazzandolo anche in posti abbastanza onorevoli nei campionati italiani. Le parole di Fefè funzionarono come un’investitura solenne, e da quel momento Tonino, che comunque la licenza di terza media se l’era presa anche se con molta fatica e con il dono di un prosciutto al direttore didattico, cominciò a lavorare di meno nel negozio di sedie impagliate del padre e ad allenarsi con convinzione e costanza tra le mura sgarrupate della Fulgor. Gli Abbate erano imparentati con i Sansone da parte di padre: Pasquale Sansone e il padre di Tonino erano cugini di secondo grado, e i progressi sportivi di Tonino venivano monitorati da tutte e due le famiglie con grande attenzione. Mentre Tonino si allenava e si allenava, cominciarono a fantasticare sul suo futuro. Nunziata, la madre di Tonino, ripeteva spesso a Carmela: "Bello non mi è venuto, ma almeno a 'stu figlio mio l'aggio fatto sportivo."

Rosaria e i suoi fratelli andavano a seguire gli allenamenti di Tonino con il sacco, lo vedevano sudare, correre instancabilmente come un automa lungo il perimetro del ring e seguire attento le indicazioni di Fefè, che ogni tanto ripeteva la ormai celeberrima frase sulla stoffa del ragazzo, guardando convinto gli astanti. In tutto il quartiere si attendeva l'imminente esordio del ragazzo sulle scene sportive, il suo primo incontro. La preparazione aveva i suoi inconvenienti: Tonino non poteva bere alcolici, né una birra, né un nocillo fatto in casa da sua zia, e alle feste comandate, quando mangiavano tutti insieme, doveva avere il menù a parte, perché pareva che certe pietanze, i fritti e in particolare fra i fritti gli struffoli, potessero essere per lui letali, e stroncare sul nascere tutte le sue possibilità agonistiche. Ai balletti in casa Sansone Tonino era il primo ad andarsene, dicendo con aria contrita agli amici e ai cugini: "Sapete, domani tengo gli allenamenti..." Frase questa che non mancava di suscitare sguardi comprensivi e pacche sulle spalle, e diffondeva un leggero senso di vergogna negli altri ragazzi che invece, non avendo davanti a sé un futuro glorioso da atleti, potevano perdere tempo e fare tardi quanto gli pareva.

Prima ancora di indossare ufficialmente i guantoni per un incontro, per la gente dei vicoli Tonino era già un idolo, e ciò in misura così diffusa che, quando finalmente si seppe che il 21 marzo 1965 Tonino avrebbe gareggiato alle selezioni cittadine, il commento di Pasquale fu:

"E finalmente! Assa fa' 'a Maronna! Ci ha ucciso per tre anni, lui e la stoffa del campione, sempre co' 'sta stoffa del campione nelle orecchie ogni due per tre! Finalmente 'a vedimmo, 'sta stoffa!"

Il pomeriggio di sabato 21 marzo, una folla di persone si mosse dai vicoli del quartiere Pendino-Mercato, diretta al parco Virgiliano, in cima alla collina di Posillipo, dove si sarebbero svolti gli incontri di selezione. Rosaria e i fratelli si misero i vestiti buoni, quelli delle feste. Titina, che all'epoca aveva sedici anni, si lasciò pettinare e fare la treccia dalla madre. Poi tutti insieme andarono a prendere il 140 a piazza del Gesù, per salire con il dovuto anticipo sopra la collina di Posillipo.

La rappresentanza dei sostenitori di Tonino 'o Boxèr nel pubblico delle gare era di gran lunga la più nutrita. Tonino sapeva che in mezzo a quella folla enorme di persone c'erano tutti i suoi familiari, tutti i suoi parenti e praticamente tutti i suoi conoscenti, più alcune decine di curiosi che non lo avevano mai visto manco per scambio, però avevano sentito diffusamente parlare di lui. Era terrorizzato, ma Fefè lo guardò con occhio rassicurante e lo prese per le spalle, che nonostante tutto l'allenamento erano rimaste un po' strette. Gli indicò il suo avversario: un ragazzetto smunto che era pure più basso di lui. "Tu a quello te lo fai aglio e olio, 'e capito? Tu tieni la stoffa, ricordati." Tonino cominciò a saltellare convinto sul posto, riscaldando i muscoli. Non aveva più paura di nulla, lo avrebbe distrutto, se lo sarebbe fatto aglio e olio, lo avrebbe steso dritto a terra, sarebbe stato solo il primo ostacolo che cadeva giù in quella che era l'ascesa inarrestabile della sua carriera.

Alle diciassette e venticinque Tonino Abbate detto 'o Boxèr e il suo avversario salirono sul ring e presero posto agli angoli. L'arbitro fece le presentazioni, poi un gong diede il via all'incontro. Tonino 'o Boxèr sentì distintamente la voce di sua madre che gridava: "Vai Tonino, sei grande! Ritorna vincitor!" Poi ricevette un destro in piena faccia e cadde lungo a terra. Il ragazzo corto gli aveva spaccato il naso. Perse i sensi e non riuscì più a rialzarsi. Dopo la conta dell'arbitro di gara, durante la quale non diede segno di partecipazione alcuna, e dopo che venne dichiarato ufficialmente il KO, Tonino fu portato via di peso dal ring. Aveva resistito in piedi sette secondi netti.

Il 21 marzo 1965, al tramonto, la carriera sportiva di Tonino 'o Boxèr era finita ancora prima di cominciare. Il naso rotto venne medicato, ma rimase per sempre così nettamente spostato verso l'orecchio destro da suscitare in chi lo guardava in faccia, invariabilmente, un'espressione di perplessità. Tonino ritornò a lavorare nel negozio di sedie del padre, e non volle più sentir parlare di pugilato. Fefè, d'altra parte, non voleva più rivederlo in palestra dopo quella figura di merda che gli aveva fatto fare e che aveva definito, con un po' di esagerazione geografica, “planetaria”. Il soprannome di Boxèr comunque, per una persistenza diabolica, era sopravvissuto tragicamente a quel pomeriggio, e tutti, nel quartiere Pendino-Mercato avevano continuato a chiamarlo così negli anni seguenti, non tanto per il sadismo di insistere sulle sue ambizioni mancate, ma proprio perché si erano abituati, e avrebbero fatto troppa fatica adesso a tornare indietro. Quindi, a distanza di otto anni da quel giorno, si sentiva ancora dire: “Viene ’o Boxèr a cena.” Oppure: “Vai dal padre del Boxèr che tiene una commissione per te.” O ancora: “Ho visto ’o Boxèr che si pigliava un Tropical alla banca dell’acqua.” E così, per il pugile mancato, sarebbe stato fino all’ultimo dei suoi giorni.

Più passavano i giorni, più Peppino si abituava al nuovo andamento familiare. Ormai dopo la scuola tornava direttamente a mangiare a casa di nonna Carmela. Dopo pranzo faceva i compiti, che finiva solitamente prima delle quattro, e poi, invece di guardare il Secondo Canale come al solito, si piazzava nella stanza che dividevano sua zia Titina e suo zio Salvatore, si metteva seduto in un angolo, sul pavimento di marmo, e stava lì con loro, ad ascoltare le loro storie, che parlavano degli amici, dei fidanzamenti nuovi, dei concerti a cui volevano andare e della discoteca La Mela a via dei Mille dove non potevano entrare molto spesso a causa del fatto che l'ingresso costava troppo. Spesso sentivano della musica. Zio Salvatore aveva un libro dei Beatles, con tutti i testi delle canzoni e pieno di fotografie, che a Peppino piaceva molto sfogliare. In particolare c'era la foto di un uovo a occhio di bue, in una padella, sul quale qualcuno aveva spento una sigaretta, e quella immagine, con il mozzicone così vicino al giallo del tuorlo dell'uovo, un po' lo attraeva e un po' lo turbava. Quando alzavano troppo il volume della musica, lo zio Federico arrivava in pigiama dalla sua stanza e protestava. Una volta li aveva trovati tutti e tre che ballavano e cantavano, Peppino sul letto in maglietta e mutande a saltare, urlando una versione di *Yellow Submarine* che con l'inglese non aveva nemmeno una lontana parentela. Federico aveva scosso la testa dalla porta, ma i fratelli lo avevano trascinato a ballare dicendogli: "E jamme, quanto si' pesante!" e zio Federico si era messo a cantare pure lui. Poi era arrivato nonno Pasquale e i tre figli lo avevano preso per le mani e lo facevano ballare, tutti contenti, gridando: "Tutti insieme, tutti insieme!" Ma Pasquale si era liberato, aveva preso il giradischi, lo aveva buttato sul pavimento ed era uscito dalla stanza nel silenzio finalmente riconquistato.

Salvatore conosceva a memoria tutte le parole delle canzoni dei Beatles, non per come si scrivevano, ma per come si pronunciavano, e non capiva, se non vagamente, il significato di nessuna delle cose che cantava. Sapeva che *Yesterday* parlava sicuramente di ieri, ma su *Ticket to ride* da sempre persisteva un velo di mistero.

In genere verso le cinque e mezza Salvatore e Titina cominciavano a pensare a cosa dovevano mettersi per uscire e aprivano l'armadio, che in mancanza di spazio stava nell'ingresso. Nonna Carmela veniva chiamata di corsa se c'era da fare una modifica a un vestito: la gonna di Titina era sempre troppo castigata rispetto allo standard delle mini con cui le altre ragazze andavano in giro, e quando chiedeva un'ulteriore intervento sulla lunghezza, nonna Carmela protestava:

"Io in giro combinata come una zoccola non ti faccio andare, se ti vede tuo padre in mezzo alla strada quello ti fa una paliata!"

Era più disponibile, nonna Carmela, quando si trattava di svasare le gambe dei pantaloni di Salvatore, che per lui non erano mai abbastanza a zampa d'elefante, anche se spesso, quando si metteva alla macchina da cucire, pregava san Domenico che suo figlio non finisse per inciampare in quelle zampe smisurate e non si spaccasse la testa sul marciapiede. Poi verso le sette, quando si erano vestiti, si erano scambiati qualche collana, Titina si era truccata e Salvatore pettinato con i capelli lunghi tutti tirati all'indietro, uscivano su via Duomo portandosi dietro Peppino. Salvatore a volte si truccava gli occhi con il mascara colorato, ma solo in mezzo alle scale, perché sua madre Carmela non voleva, anche se era la moda. Salvatore, per convincerla che il trucco maschile era diffuso, le aveva mostrato una foto di David Bowie nel periodo Ziggy Stardust, ma lei, trovando una sorprendente somiglianza fra Bowie e lo zio Bambiniello (che tutti chiamavano "'A Bambinella" a causa della sua predilezione per gli abiti femminili), si era opposta con foga ancora maggiore e del glam rock non ne aveva proprio voluto sapere.

Titina e Salvatore erano abituati a fare sensazione nel quartiere e si vestivano sempre in modo da avere qualche elemento che li accomunasse. Il loro modello di eleganza combinata era rappresentato perfettamente da Sonny e Cher nelle loro esibizioni. Se Titina aveva un miniabito a fiori viola, Salvatore portava sui pantaloni chiari a vita bassa una fusciacca dello stesso colore preciso. Se Titina era tutta vestita di bianco, ma con le scarpe nere, Salvatore si vestiva di nero con le scarpe bianche per esserle complementare. Da quando erano costretti a portarsi dietro Peppino, cercavano di integrarlo nel loro binomio, aggiungendo ai suoi vestiti una sciarpetta, una collana di perline, una gonna folk di Titina usata a mo' di poncho che gli veniva infilata per la testa, e in mancanza di meglio un fiore nei capelli. Quando proprio non c'era niente che potesse accompagnare adeguatamente la loro immagine, riempivano il bambino di spilline tonde che dicevano: "Fate l'amore non la guerra", "Woodstock", "Pace e Amore", oppure raffiguravano lo Yin e lo Yang, che a Peppino sembravano due pupazzetti sorridenti attorcigliati. La loro spillina preferita era quella che nonna Carmela chiamava "'A spilla d'a piantina", e che raffigurava una foglia di marijuana in pieno rigoglio. Nonna Carmela li vedeva uscire così combinati e scuoteva la testa, ma non aveva il coraggio di dire niente, perché le pareva che suo nipote si divertisse, una volta tanto.

E Peppino in effetti si divertiva, e molto. A uscire con gli zii, oltre al fatto che pareva di prepararsi per una festa di Carnevale, c'era sempre quella sensazione di proibito, di cose che dopo non si potevano raccontare a nessuno. Per esempio, era assolutamente vietato dire che Salvatore e Titina lo spedivano dalla gente che passeggiava in strada a chiedere se caso mai avevano cinquanta lire, e a colpi di cinquanta lire alla volta riuscivano con l'elemosina ad andare a ballare nei locali. Una volta lo avevano fatto sedere per tre ore sulle scale della chiesa dell'Egiziaca con un cartello al collo che diceva: "Creatura sola. Aiutatemi". Era vietato anche dire che gli zii fumavano le sigarette, bevevano la birra e rubavano piccole cose all'Upim a via Annunziata, e Salvatore si era esplicitamente raccomandato di non menzionare mai le ragazze che baciava, né per nome, né per numero, né per niente.

Quella sera Peppino si ritrovò a una festa in una specie di grotta, sotto terra. C'erano solo luci rosse e tanto fumo che gli faceva bruciare gli occhi. C'erano candele, e certi teli indiani con le monetine appesi al muro. Tutti si passavano una specie di sigaretta, ma più grande, che fumavano con grande attenzione. Peppino tossiva, con quella luce non si vedeva niente, e siccome sua zia Titina stava prendendo la sigaretta dalle mani di un'amica a occhi chiusi e chiaramente non voleva essere disturbata, e suo zio stava ballando da solo in faccia a un muro di pietre, dando le spalle a tutti, decise di andare in esplorazione negli altri locali della grotta. La testa gli girava e aveva voglia come di vomitare. Sparsi nelle altre grotte c'erano ancora amici dei suoi zii, insieme a tanta gente che non aveva mai visto prima. Salò (che si chiamava così non in omaggio alla repubblica sociale, ma perché suo padre Vincenzo detto Cenzino aveva un negozio di divani, e quindi il figlio per assimilazione veniva chiamato da tutti Salotto, o per brevità Salò), se ne stava seduto a terra in un angolo, a parlare con una ragazza bionda che doveva essere straniera, o doveva fingere di esserlo, perché non rispondeva a nessuna delle sue domande. In un'altra grotta una ragazza stava seduta addosso a un ragazzo, a terra, erano mezzi nudi e sembrava non avessero più fiato, e Peppino, vergognandosi molto, distolse lo sguardo e proseguì. Alla fine trovò una specie di stanzino dove c'erano dei materassi a terra, su cui i ragazzi avevano poggiato una serie infinita di giacche, cappotti di pelliccia, poncho, montgomery. Peppino si buttò sui materassi e chiuse gli occhi. Aveva mal di testa. Vicino al letto, su una cassetta vuota della frutta, colorata di rosso fuoco, c'erano tre pillole bianche. Peppino ne prese una e se la infilò in bocca perché così pensava si sarebbe sentito meglio.

Più tardi, le grotte si erano riempite di ragazzi, e Titina si stava lamentando con la sua amica Patrizia dell'insegnante della scuola guida, un vecchio che con la scusa della pratica quando stavano insieme in macchina le toccava il ginocchio.

"Pure se mi metto i blue jeans, che ti credi, quello si sporge e allunga 'a manella, 'o rattuso. Ma io mo' mi porto dietro a mio nipote, che così quello non si permette più..." L'evocazione dell'esistenza di Peppino le fece ricordare che era un po' che non lo vedeva in giro. Scrutò in tutti gli angoli della grotta, per vedere se si fosse accucciato a terra da qualche parte, spalle al muro, a guardare zitto zitto, come faceva di solito. Ma non c'era. Suo fratello Salvatore stava ballando ancora davanti alla parete, solo che adesso accanto a lui si erano aggiunti Tommaso detto 'o Fetente, e Luigi detto la Tracina, e tutti e tre insieme allargavano e chiudevano le braccia, sempre faccia al muro. Sembravano tre uccelli schiantati sopra agli scogli di Mergellina, ma ancora vivi, che si dibattevano, e per un momento Titina si distrasse pensando a quanto erano belli. Poi si mise in cerca di suo nipote e non lo trovò da nessuna parte. Dieci minuti dopo si decise a dare l'allarme. Peppino era scomparso. Raccolse quelli fra i suoi amici che erano più lucidi, e non erano poi tanti, e si mise a cercarlo di nuovo. Salò uscì anche in strada, per vedere se per caso fosse lì, ma fuori al vicolo deserto non c'era nessuno, e Annuccia, la signora gentile che vendeva le sigarette di contrabbando e stava sempre dietro al bancariello pure di notte, gli disse che da lì non era passato nessun bambino, né con gli occhiali né senza.

"Se sta qua dentro, prima o poi adda ascì!" proclamò risoluto Salvatore, prima di rimettersi a ballare contro il muro di pietra, senza rendersi conto che presi dall'agitazione gli altri avevano fatto staccare la musica. Titina si muoveva frenetica per quel posto assurdo, senza luce tranne quelle inutili lampadine pittate con lo smalto rosso che prima le erano sembrate molto belle e suggestive e adesso le facevano toccare i nervi. Dentro di lei ripeteva ossessivamente le invocazioni a sant'Antonio. Fin da piccola aveva imparato dai suoi genitori che quando si perdeva qualcosa, non si trovava un mazzo di chiavi o un fermacapelli era misteriosamente sparito, bastava invocare dodici volte di seguito il santo, e non si sa come o perché la cosa perduta immediatamente saltava fuori. Non sapeva se un bambino di sette anni poteva essere catalogato come "cosa perduta", ma nel dubbio e nel panico decise che doveva andare benissimo e rientrava nella categoria. Un ragazzo le prese la mano.

"T'aiuto io, stai tranquilla." Titina lo guardò. Lo aveva visto già un'altra volta, sapeva che si chiamava Elio come il gas, e che lavorava da un concessionario di Mercedes a piazzale Tecchio.

Non perse neanche tempo a ringraziarlo, e mano nella mano con lui ripercorse tutti gli ambienti dello scantinato. Fu Elio, al secondo giro, a buttarsi sui materassi e a togliere uno dopo l'altro i soprabiti che avevano ormai formato una montagna. Peppino era lì sotto che dormiva tranquillo.

"Peppi', t'anna accirere," disse Titina, e incongruamente subito dopo avere invocato, come punizione adeguata per la scomparsa, che qualcuno venisse ad ammazzarlo, si strinse il nipote al petto e ringraziò sant'Antonio, che ci aveva messo un po' di tempo ma alla fine era intervenuto. Peppino continuava a dormire, e Titina se lo stringeva al petto.

"Tutto bene, tutto bene..." mormorava baciandogli la fronte.

Fu Elio a vedere per primo le pillole sulla cassetta della frutta.

"Titi'..." mormorò soltanto, e le indicò le pillole.

Nel vicolo, Peppino stava in piedi in mezzo a Elio e Titina. Teneva gli occhi chiusi, e continuava a dormire. Elio lo reggeva dritto, ma il bambino non voleva saperne di aprire gli occhi. Rosaria gli infilò due dita in bocca, e Peppino iniziò a vomitare.

Seduti sul cornicione del palazzo di fronte, tre piani più in alto della salumeria Ruocco che vantava le mozzarelle più buone del quartiere, Gennaro Superman e Peppino stavano osservando tutta la scena dall'alto.

"Genna', sto molto male?" chiese Peppino guardando se stesso tre piani più in basso.

"Abbastanza una chiavica..."

"Ma non era aspirina, quella pillola?"

Gennaro scosse la testa.

"E che era, kryptonite?"

"Nemmeno. Era una cosa da grandi. Se ti capita un'altra volta non te la devi pigliare più." Diede un morso a una piccola mozzarella di bufala che aveva tirato fuori da chissà dove e si sporcò la maglia blu elettrico di gocce bianche.

"Ne vuoi un poco? Sono della salumeria qua sotto, sono buone..."

"No, grazie, c'ho un poco di nausea. Che succede adesso?"

"Niente. Adesso ti fanno vomitare pure l'anima tua e poi ti portano a casa."

"Ma vivo?"

"E certo. Speriamo solo che non ci mettono una vita. Tengo che fare."

"Problemi con Lex Luthor?"

"No, col generale Zod. Quando finisce uno, comincia quell'altro. È un continuo."

"Genna', ma di Lois Lane non mi dici mai niente... Ma vi vedete? Siete fidanzati?"

"No, no. La verità, quella la ragazza è un poco una pereta. Non ci vado tanto appresso."

Peppino guardò giù in strada. Stava continuando a vomitare, sempre a occhi chiusi, mentre sua zia Titina schiacciata contro il muro aveva preso a baciare Elio.

"Tua zia pensa sempre a una cosa. È vero che non c'è niente di male, però c'è modo e maniera, e che marina... co' 'na criatura che butta il sangue vicino..."

"Genna', ti voglio chiedere una cosa. Ma com'è, dove stai tu? È bello?"

"Un poco affollato. Però, che t'aggia dicere, male non si sta. Solo che a me m'hanno dato una sistemazione provvisoria, è uno spazio piccolo e angusto, non ci entrano manco tutte le cose mie. Ma dice che appena si fa un poco di spazio, faccio un bel quattro di maggio e mi trasferisco. Pare che mi danno la vista mare."

"Ma come si chiama dove stai tu? È il Paradiso o il Purgatorio?"

"Peppi', ma che ne saccio. Tu mi conosci a me, io non faccio domande, dove mi mettono sto. Come a te."

Gennaro controllò in basso. Peppino aveva smesso di vomitare e cominciava a guardarsi intorno nel vicolo con aria perplessa. Soprattutto non capiva bene con chi si stava baciando sua zia, che ora si era staccata dal muro e stava mezza stesa sopra il furgoncino Ape che di giorno vendeva la trippa.

"Stai meglio, guarda, devi andare..." gli disse Gennaro indicando con il mento giù in strada.

Il momento dopo, Peppino era giù nel vicolo. Si pulì la bocca e si avvicinò a sua zia Titina, bussandole con la mano sulle gambe.

"Zia... mi sento meglio... mi porti a casa?"

Titina smise di avvinghiarsi a Elio, s'inginocchiò davanti al nipote e lo riempì di baci.

Il dottor Matarrese non fece una piega. Rosaria nelle dieci e più sedute che avevano fatto gli aveva raccontato di tutto, da quando era andata a fare le supplenze a Procida e aveva dormito per la prima volta da sola con le suore in un convento sul mare, a quando da bambina andava in vacanza a Ischia ogni giorno dalla sera alla mattina, vergognandosi che la sua famiglia non avesse i soldi per affittare una casa; da come fosse scoppiata a piangere il giorno in cui aveva avuto le sue cose per la prima volta, visto che nessuno l'aveva preparata a svegliarsi in un lago di sangue, a quando aveva scoperto il sesso con suo marito la prima notte di nozze e ne era rimasta sorprendentemente contenta e aveva smesso di avere paura. Di fronte a ogni racconto, praticamente, Matarrese era rimasto in silenzio, chiedendo ogni tanto dei chiarimenti ma in sostanza senza esprimere mai alcun parere. E così fece anche questa volta, quando Rosaria tirò fuori il suo pezzo forte, quello di cui aveva tanto esitato a parlare perché, se ne rendeva conto solo ora, aveva paura del giudizio del dottore e in sostanza non voleva fare di fronte a lui la figura della cornuta. Gli raccontò tutto di Valeria, della 850 azzurro avion e di suo marito Antonio.

"Sì. Perché crede di non aver voluto parlare con suo marito di quello che aveva scoperto?"

Rosaria rispose che si era vergognata, che aveva preferito fare finta di niente, e che con il passare dei giorni si vergognava sempre di più. Anche se era sicura che la relazione con la figlia della tabaccaia continuava, lo sapeva da mille piccoli indizi, per non parlare dei biglietti sempre più circostanziati che qualcuno, forse Valeria stessa, continuava a metterle nella cassetta della posta.

"Ma se crede che suo marito stia sbagliando, a tradirla, di cosa ha vergogna? Semmai dovrebbe vergognarsi lui, non crede?"

Rosaria sospirò. Non sapeva rispondere. In parte era irritata con il dottore, perché aveva creduto che sollevare il problema delle corna avrebbe causato in lui tutta un'altra reazione, molto meno fredda e professionale. Si era immaginata Matarrese che si alzava dalla invisibile poltrona alle sue spalle, la raggiungeva e le diceva: "Mi dispiace signora Sansone. Ora capisco perché soffre tanto. Ha tutto il mio appoggio come medico e come uomo." Invece Matarrese non dava nessun segno di comprensione o solidarietà. Trattava quella notizia perfino con noncuranza, come se Rosaria gli avesse detto: Sa dottore, ieri sera mi sono mangiata i peperoni imbottiti e quelli mi sono rimasti sullo stomaco.

"Il problema non è che suo marito la tradisce. Di questo in sé possiamo anche non occuparci. Ci riguarda marginalmente."

'A te, ti riguarda marginalmente! Perché non è con te che Antonio è sposato!' avrebbe voluto rispondere Rosaria. Invece rimase in silenzio. Il dottore continuò.

"Il problema vero è perché lei reagisce in questo modo a una circostanza simile. Perché non ne parla, non lo affronta, non spacca un piatto a terra, non se ne va di casa... Lei non fa niente di tutto questo, e invece si vergogna. Ma di cosa si vergogna, se lo chiede mai?"

Rosaria non sapeva rispondere. Sentì una lacrima che le scivolava sulla guancia. Era la prima volta che piangeva dal dottore. Avrebbe voluto controllarsi, ma non ce la faceva. Le lacrime sembravano venire giù da sole. Prese un fazzoletto ricamato che teneva sempre nella borsa ma aveva sempre paura di usare. Solo adesso la voce di Matarrese sembrava avere assunto una sfumatura più personale, ma poteva essere benissimo che fosse invece lo stato di alterazione di Rosaria a fargliela apparire tale.

"Insomma, io la sto rimproverando perché non ha fatto abbastanza la matta. Come rimprovero, venendo da una persona che cura i disturbi mentali, non è male, non trova? Si potrebbe vedere anche una certa ironia..."

Rosaria sentì alle sue spalle il dottore sorridere, lo sentì dal tono della voce che, ora sì, era decisamente virato, e da una specie di sospiro finale, e anche se non poteva in effetti vederlo, fu come trovarselo davanti, che la guardava con quella bocca rassicurante, e quegli occhi buoni e quel ciuffo striminzito e biondo che gli cadeva sulla fronte. Venne da ridere anche a lei.

"Trovo," rispose. "In effetti dotto', a me mi sembra una follia. Non è che siete pazzo pure voi?"

Venti minuti dopo, quando uscì su piazza Municipio dopo avere cercato inutilmente di capire per il resto della seduta di cosa si vergognasse e avere raccontato al dottore tutte le sue illusioni naufragate sull'amore eterno, e su quei due stronzi di Peter e Iris Duluth che a loro gli andava sempre tutto bene, si sentiva meglio e decise di comprarsi un gelato. Mentre s'incamminava verso piazza Carità per raggiungere la gelateria La Scimmia che li faceva buoni, le venne in mente che in trentadue anni di vita non si era mai comprata un gelato da sola. Certo, ne aveva mangiati in compagnia, con gli amici, con suo marito, con Peppino. Ma non aveva mai, come stava facendo in quel momento, scelto deliberatamente di comprarsi un gelato con l'unico scopo di mettersi seduta e goderselo da sola. Stava diventando un mostro, con un piccolo aiuto da parte del dottor Matarrese, pensò, e sorrise fra sé.

Quello che era successo non era stata colpa sua, e questo doveva essere chiaro a tutti. Salvatore aveva solo deciso che *Hair* doveva essere visto, e si era dato da fare per trovare i soldi per i biglietti. Magari non era uno spettacolo proprio per tutti, e infatti era vietato ai minori (cosa peraltro secondo lui piuttosto ingiusta viste le implicazioni socio-politiche del musical), ma non era colpa sua se ormai Peppino si era abituato a stare con loro e non riuscivano a staccarselo di dosso nemmeno impegnandosi con tutte le forze. Quindi lui tutto quello che aveva fatto era stato trovare i soldi per il biglietto suo e di Titina, portarsi dietro Peppino e presentarsi alla cassa del Teatro Tenda con il bambino addormentato sulla spalla, cercando la cortesia alla maschera di farli entrare comunque, "tanto la criatura dorme e comunque non vede e non sente niente".

Appena entrati con questo semplice stratagemma sotto la tenda, Peppino, il quale ovviamente non dormiva per niente, era sceso dalle braccia dello zio e aveva preso posto in mezzo agli altri. Certo, si vedeva che era particolarmente eccitato.

Nel teatro c'era mezza Napoli, e lui era l'unico bambino. Gli occhi dietro le lenti gli brillavano ancora prima che si accendessero le luci sul palco, ancora prima che gli attori cominciassero a cantare *Aquarius*. Poi aveva ballato e battuto le mani dal suo posto, e aveva chiesto agli zii cosa significassero alcune parole dei testi (in particolare, "sodomia", "pederastia" e "masturbazione"), ma Titina e Salvatore diligentemente manco gli avevano risposto perché non sapevano che dirgli, e poi credevano che all'educazione sessuale del bambino avrebbero dovuto francamente pensare i genitori, visto che loro s'incaricavano già di tante cose. La verità è che Peppino era cresciuto, non era più il bambino piccolo che avevano fatto addormentare tante volte, mettendoselo seduto in mezzo a loro sul divano e prendendolo a schiaffi non troppo forti, uno a destra e l'altro a sinistra, finché un po' intontito, come in un gioco, non crollava addormentato. Ora Peppino capiva più di quello che loro pensavano, e certo avrebbero potuto stare più attenti. Gli attori che si spogliavano tutti nudi sul palco lo avevano colpito molto, e sul finale dello spettacolo Peppino aveva visto i suoi zii alzarsi dai loro posti, salire i pochi gradini di legno e andare a ballare anche loro sotto le luci, in un tripudio di musica e liberazione. Insomma lo spettacolo al bambino era piaciuto, ma non c'era modo di capire che gli fosse in effetti piaciuto così tanto. Così tanto da volerlo replicare il giorno dopo e presentarsi tutto nudo in tinello, davanti a nonno Pasquale che stava vedendo il telegiornale, frapponendosi tra lui e lo schermo e cantando una versione storpiata di *Buongiorno giorno*. Nonno

Pasquale era rimasto qualche secondo impassibile, di fronte al nipote che si dimenava con il pisellino di fuori e urlava: "Lascia che il sole entri in te!" Poi si era alzato dalla sedia, aveva raggiunto sua moglie in cucina e aveva detto:

"Tuo nipote balla e canta nudo int'o tinello. Vuole che il sole entra in me. Secondo me sta esaurito peggio della madre. Chiamma 'o dottore e vedi se ci fanno uno sconto famiglia."

Nonna Carmela era andata a recuperare il nipote, gli aveva dato uno schiaffo a mano aperta tanto per non sbagliare, lo aveva rivestito, gli aveva dato qualcosa per calmarlo (Citrosodina, che magari non serviva a niente, ma altro in casa non teneva), e poi si era data da fare per capire come fosse saltata in testa a Peppino quella bella idea. Così tutta la responsabilità era caduta su Titina in primis, e su Salvatore in secundis. Non solo perché avevano impressionato il bambino con uno spettacolo vietato ai minori, ma anche perché la nonna aveva saputo che i suoi figli avevano ballato e cantato in pubblico, in mezzo agli attori che si erano spogliati tutti nudi, e pensava avessero perso quel poco di cervello che fino a quel momento avevano manifestato, saltuariamente, di avere. Rispolverò le punizioni corporali, sebbene avessero ormai ventiquattro e ventidue anni, e li inseguì per le stanze della casa finché non li raggiunse e li riempì di schiaffi.

"No, mammà, no, mi fai male," la pregava Salvatore mentre Carmela lo picchiava. Peppino, che non aveva capito bene il perché di tutta quella confusione, li guardava attonito e si sorprendeva che Salvatore, che era senz'altro più alto e più forte di nonna Carmela, non reagisse e si lasciasse invece picchiare da lei. Poi capì che era una forma di rispetto, se non di amore, e che Salvatore poteva essere un giovane degli anni settanta quanto gli pareva, poteva pure essere un ragazzo del futuro, con le sue collanine colorate e i pantaloni a vita bassa, ma a certe cose ci teneva e ad alzare una mano sulla madre non ci avrebbe mai pensato nemmeno lontanamente.

Peppino era contento di essere tornato all'Edenlandia. Quella domenica mattina suo padre Antonio lo aveva svegliato con il caffellatte a letto e gli aveva proposto:

"Mamma sta riposando. Ce ne vogliamo andare io e te zitti zitti?" Peppino aveva sorriso, ma non immaginava ancora che si sarebbe ritrovato lì, nel parco giochi dove aveva passato il giorno più bello della sua vita. In effetti all'inizio la destinazione non era stata per niente chiara. Dovevano andare solo fino alla Villa Comunale. Suo padre lungo la strada si era fermato una volta davanti a una cabina telefonica, e dalla macchina, dietro il vetro, Peppino lo aveva visto parlare a qualcuno con un sorriso.

"A chi hai chiamato, papà?" gli aveva chiesto quando era ritornato al volante della 850. Lui aveva detto:

"Tua nonna Rosa, tanti baci," e a Peppino era sembrato strano perché quando suo padre chiamava sua madre, difficilmente sorrideva e per lo più anzi si incazzava. Comunque fosse, era stato in quel momento che la loro destinazione era cambiata di colpo, e il padre aveva annunciato tutto contento che lo avrebbe portato all'Edenlandia. Peppino si era messo a saltare sul sedile dalla felicità.

Avevano fatto il gioco con le palline colorate e le reti, ma stavolta Peppino non aveva vinto niente perché la signora era arrabbiata che la sua Singer si era scassata e Antonio diceva che era fuori garanzia. Era salito sugli autoscontri con il padre, che aveva insistito perché andasse piano, "Che non sia mai ti spacchi la testa, chi la sente a tua madre!" Erano andati sul trenino che entrava nella grotta dei Sette Nani e avevano cantato: "*Andiam andiam andiam a lavorar.*" Poi a un certo punto Antonio lo aveva portato agli aerei. Peppino lo aveva visto parlare con il ragazzo che si occupava degli ingressi, a cui aveva passato dei soldi. Poi il padre era andato da lui e si era inginocchiato per farsi capire meglio.

"Peppino, sentimi bene. Mo' ti fai un po' di giri sugli aereoplani che ti piacciono tanto. Fra un giro e l'altro non scendere, rimani seduto dove stai, che io ti ho fatto dare l'aereo più veloce, e quello che vola più alto di tutti. Ti fai un sacco di giri e aspetti che ti vengo a riprendere io. Non scendere per nessun motivo, hai capito, che papà deve fare una cosa importante."

Peppino annuì, e salì sul suo aereo speciale. Antonio rimase lì, sotto i pini che circondavano la giostra, fino a quando i bracci meccanici che reggevano gli aerei non si sollevarono di una decina di metri dal suolo. Poi la giostra cominciò a girare, lui fece ciao ciao con la mano al figlio e scomparve lungo il vialetto.

Peppino, sulla giostra, all'inizio ebbe un po' di paura. Negli altri aerei tutti i bambini erano accompagnati da un genitore, tranne un ragazzo che era decisamente più grande di lui e che lo guardava, tre velivoli più indietro, con aria truce e minacciosa. Quando fu in alto, sopra i pini, si concentrò su quello che doveva fare: volare più di tutti, arrivare più su possibile e soprattutto riuscire a guardare dall'alto quella faccia brutta che stava seduta nell'aereo dietro di lui. Mentre cominciava a girare, per un attimo gli sembrò di vedere suo padre che davanti alla Casa stregata raggiungeva una ragazza che somigliava molto a Valeria, la figlia della tabaccaia di Giacomo Savarese, quella che non c'aveva seno perché san Giuseppe l'aveva piallata con il suo strumento di lavoro. Ma poi la giostra iniziò a girare, e quando ritornò nello stesso punto di prima, suo padre, se era stato veramente suo padre, non c'era già più.

Valeria lo guardava da dietro un paio di occhiali da sole che le stavano decisamente male. Erano troppo grandi, e le facevano sembrare il viso ancora più piccolo.

"Da quando tua moglie sta malata, invece di vederci di più, ci vediamo pure di meno."

"Vale', tu hai ragione, ma mettiti nei miei panni."

"Ma quali panni, non è che tiene un tumore e sta in punto di morte. Sta esaurita. Qua c'è un sacco di gente che sta esaurita e manco tiene il tempo e la fortuna di accorgersene."

"Mo' stai parlando di cose che non sai."

"Voglio vedere, se non teneva a un marito bravo come te che si occupava di tutto al posto suo, come faceva a mettersi a letto sette giorni su sette. Voglio proprio vedere come se la cavava."

"Senti, lo vuoi un caffè? Ci sta il Covo dei pirati qua dietro, ci mettiamo un momento."

"Non voglio il caffé, che ci mettiamo un momento e poi te ne vai. Voglio passare più tempo con te."

"E va bene, e allora stiamoci davanti alla Casa stregata a parlare, se ti piace di più."

"Non mi piace di più, è l'unica possibilità che mi dai."

"Senti Vale', tu lo sapevi dall'inizio. Io tengo famiglia, e voglio bene a mio figlio."

"No, tu vuoi bene a tua moglie."

"Sì, voglio bene pure a mia moglie. E se lo vuoi sapere quando la guardo in faccia adesso mi vergogno pure."

"E allora perché all'intervallo del pranzo mi vieni a cercare agli Occhi della Tigre e mi porti dentro al tuo negozio prima dell'apertura?"

Antonio non sapeva rispondere, sebbene fosse una domanda che si era posto tante volte senza trovare nessuna soluzione. Forse perché aveva solo trentatré anni, si era detto. Forse perché certe volte si sentiva triste. Forse perché all'inizio gli era sembrato un affare facile, senza problemi, e soprattutto senza conseguenze. Forse perché era una cosa che a nessun uomo di sua conoscenza sarebbe saltato in mente di rifiutare, e quindi perché doveva farlo proprio lui?

Ma non fu nessuna di queste la motivazione che diede a Valeria.

"Forse perché so' strunz," disse solamente.

Il ragazzino con l'aria da cattivo era stato effettivamente l'osso più duro. Peppino era riuscito ad arrivare quasi più su di lui, ma ogni volta che tirava la maniglia di ferro a sé, per volare più in alto, pensava a quello che sarebbe successo se il braccio della giostra si fosse spezzato, al groviglio di lamiere colorate e carne e vestiti. Allora si metteva paura e si assestava a un'altezza un po' più tollerabile, di modo che, in caso di guasto meccanico, cadendo magari si faceva un po' male, ma a morire non moriva. Sceso dalla giostra il bambino più grande, Peppino aveva avuto ragione abbastanza facilmente degli altri che erano saliti dopo, e che forse erano spaventati dall'altezza anche più di lui. Intuì confusamente che essere felici è una questione di fortuna, e anche che nella vita non è poi così necessario avere un coraggio da leone, basta solo che intorno ci sia qualcuno che si fotte di paura più di te. Aveva contato i giri, le volte in cui l'aereo era sceso al suolo, e poi risalito. Era arrivato all'ottavo, quando vide il padre, in basso, che gli sorrideva da sotto i pini. Antonio sollevò verso di lui il braccio destro, con il pollice all'insù, come a dirgli che andava forte, che era il figlio più fantastico e meraviglioso e pilota d'aereo che potesse desiderare. Ma mentre la giostra faceva il giro, Peppino fece in tempo a vedere che suo padre aveva gli occhi tristi e stanchi.

Dalla sera della scomparsa di Peppino al Red Inn (così avevano chiamato la grotta a vico Scassacocchi, in ragione delle lampade rosse), Titina aveva cominciato a frequentare Elio. Si diceva che le piaceva così tanto perché nel momento in cui aveva avuto più bisogno, quando era spaventata a morte e quell'idiota di suo fratello Salvatore non aveva saputo fare di meglio che continuare a ballare in faccia al muro, Elio era comparso come un principe e l'aveva salvata. In realtà, a parte quell'ingresso a sensazione, Elio del principe non aveva molte altre caratteristiche. Lavorava effettivamente in una concessionaria di Mercedes a piazzale Tecchio, ma non c'aveva la macchina e gli mancavano sempre due soldi in tasca per apparare una lira. Non che fosse realmente zoppo, come dicevano tutti, ma di fatto aveva una gamba leggermente più corta dell'altra, che gli dava, visto alla luce del giorno e senza i fumi e i colori del Red Inn, un'andatura caracollante, che a qualcuno poteva anche risultare simpatica e cordiale. Ciò detto, a Titina piaceva molto, ed era il primo dei quattro ragazzi e mezzo con cui era stata di cui si sentisse effettivamente innamorata. Faceva in continuazione solitari con le carte napoletane per capire se lui la amava dello stesso amore, e insieme a Peppino una volta era andata da una cartomante, la signora Amalia Carraturo, che li aveva ricevuti nel suo basso di via San Severino, aveva aperto le carte sul banchetto e aveva detto sorseggiando un latte di mandorla con ghiaccio: "Questo giovane vi ama come voi amate lui. Ma vedo qualcosa di strano. Vedo una scala, e difficoltà a salire... Ma che è, 'stu giovane fosse sciancato?"

Peppino diventò in breve l'alibi preferito di Titina, che usciva con lui e senza il fratello Salvatore tutte le volte che poteva. Diceva a tutti che vedeva suo nipote pallido, e che doveva prendere aria fresca, pure quando c'era maltempo. Lo portava di sera alla fontana delle paparelle, vicino al Museo Nazionale, lo sedeva su una panchina, gli abbottonava il cappotto fino a sotto al collo, e poi si appartava con Elio nei giardinetti vicini. Era strano fare l'amore lì, nel buio tra le siepi, e in incastri fisici che per la loro precarietà finivano per avere pochissimo di romantico. Ma era abbastanza vicino casa da non destare sospetti, a Peppino sembrava piacesse molto la panchina dalla quale senza alzarsi poteva tirare mollichine di pane alle papere, e poi, di fondo, non avevano nessun altro posto dove andare. Una domenica Elio prese in prestito una Mercedes di seconda mano dalla concessionaria e portò lei e Peppino a Miliscola, che in quella stagione dell'anno invece che una località balneare sembrava un villaggio di palafitte abbandonato sul mare. Peppino venne sistemato in auto, mentre Titina e Elio facevano l'amore per la prima volta al chiuso, in un luogo diverso, fra le pareti di legno di una cabina sulla spiaggia.

Nella Mercedes Peppino si annoiò terribilmente, non c'erano papere a cui dare da mangiare e sebbene i sedili fossero più comodi della panchina di ferro capì che tutto sommato, aspettare in solitudine per aspettare in solitudine, preferiva di gran lunga i giardinetti. Si guardò intorno, e chiamò a voce alta il nome di Gennaro, aspettando che da un momento all'altro Superman comparisse nell'abitacolo della vettura. Ma forse Gennaro era impegnato in qualcosa di più importante, forse Luthor e le sue macchine diaboliche minacciavano il golfo di Napoli e la villa di Lauro, o il generale Zod gli dava il tormento, o Lois Lane si era stancata di essere trattata come una mappina. Fatto sta che quella volta non si fece vedere.

Nella cabina piena di ombrelloni tutti sfasciati in cui Elio l'aveva condotta, mentre erano stesi sul pavimento di assi, Titina pensò che visto così, in orizzontale, con un po' di calma, il suo ragazzo non sembrava neanche tanto zoppo.

"Dimmi la verità, Elio, tu qua dentro ci hai portato pure altre ragazze?"

"No Titi', si' 'a primma, quant'è vero Iddio. Te lo giuro sulla buonanima di mamma."

Titina, abbandonata in una posa un po' languida, a pancia in giù, con la faccia poggiata sul braccio per non fare andare la sabbia nei capelli, pensò che non gli credeva neanche morta e che la povera mamma di Elio si stava sicuramente agitando nella tomba urlando: "Nun 'o credere! Nun

’o credere!” Ma in fondo non le importava di quelle che erano venute prima. Le sarebbe solo piaciuto essere l’ultima, avrebbe soltanto voluto che dopo di lei Elio non avesse più altre ragazze e mettesse la testa a fare bene. Desiderava solo che quella volta, fra loro due, nella cabina di legno, si rivelasse diversa da tutte le altre.

In quel momento, senza che nessuno dei due amanti se ne accorgesse, sul cielo di Miliscola, in prossimità del Lido Sirenuse, rasente alle cabine mezze rotte e corrose dalla salsedine, dovette passare un angelo in volo che, sentendo quelle parole di Titina, pronunciò piano: “Amen.” Perché fu così che andarono poi le cose, anche se seguendo un ordine che né Titina né Elio avrebbero mai pensato o, quanto a questo, scelto per loro.

“Come va Rosa’? Ti sei riposata oggi?”

“Sì. Però tengo ancora il mal di testa.”

Nella stanza da letto di Antonio e Rosaria faceva caldo, nonostante fuori fosse pieno inverno e i termosifoni fossero ormai spenti da due ore. Probabilmente, pensò Antonio, dipendeva dal fatto che là dentro non si aprivano mai le finestre, e oltre alla luce non entrava mai nemmeno l’aria. Allungò il braccio verso la schiena di Rosaria, che gli dava le spalle. Era strano dormire in quella casa senza Peppino. Sembrava di essere ritornati ai primi mesi del loro matrimonio, quando passavano così tanta parte del loro tempo a letto da vergognarsene di fronte agli altri. Poi Rosaria era rimasta incinta quasi immediatamente, e anche lì erano stati altri giochi, nuove invenzioni. Ad Antonio nei mesi della gravidanza piaceva nominare come per caso degli alimenti strani (tipo ananas, mango, frutta candita), per sentire poi Rosaria che dal letto lo chiamava, perché le era venuto il desiderio di quella cosa precisa e aveva paura che suo figlio nascesse con la voglia sulla pelle. Più volte in piena notte si era ritrovato in giro per la città a cercare fragole fuori stagione, un particolare tipo di cioccolato fondente che sua moglie mangiava da ragazza e perfino i datteri di mare, che aveva poi trovato solo a Bacoli, pagandoli carissimi. Quelle cacce al tesoro gli piacevano tanto, gli facevano credere che sebbene Peppino non fosse ancora nato, stava già provvedendo a qualcosa per lui, perché crescesse sano. Il bambino poi era venuto al mondo solo con una piccola voglia di ciliegia sotto il piede sinistro, un incidente insignificante (se si pensa, per esempio alla terribile voglia di cozze che sfigurava il volto del piccolo Aniello figlio di zia Antonietta della Sanità), scaturito solo dal fatto che Rosaria aveva taciuto quella particolare voglia. Le era venuta una sera di novembre, quando stava dormendo e si sentiva troppo stanca pure per chiedere a suo marito di uscire e trovarle le ciliegie.

Adesso, nella casa ritornata alla stessa quiete dei primi giorni dopo il matrimonio, Antonio sentiva che i giorni passavano e la situazione non si sbloccava. Mosse la mano lungo la schiena della moglie, si appoggiò dietro di lei facendole sentire il suo peso, ma capì subito che Rosaria non aveva intenzione, sia che fosse stanca, sia che non avesse proprio voglia di fare l'amore con lui.

Allora accese il lume a forma di tralcio di rosa intrecciato che tenevano sul comodino.

"Rosa', io non penso che possiamo andare avanti così," disse.

Rosaria si voltò verso di lui e Antonio si accorse che pareva infuriata e non riusciva a capirne il motivo.

"Io sono malata, hai capito? Malata. Ho bisogno di essere lasciata in pace, non di essere presa e trattata come un pacco."

"Ma qua' pacco... Io volevo solo fare l'amore."

Rosaria lo fissò per un momento e immaginò di dirgli che sapeva tutto, superando la vergogna. Ma poi realizzò che non era quello che voleva, e che non era il senso di vergogna a impedirle di parlare, ma il desiderio che fosse lui, Antonio, ad ammettere l'errore per primo, che fosse sufficientemente uomo da dirle: Ti ho tradito, ti tradisco, non ti amo più, oppure: Ti amo ancora, aiutami ad uscirne. Perché doveva essere lei per prima a dargli una mano? Anche questa volta, doveva succedere come in casa, doveva essere lei a mettergli davanti il caffè pronto, il piatto preparato, la camicia stirata, e pure il racconto del tradimento? Non era per vergogna che taceva, era per orgoglio, per presunzione, per vanità e pure per rabbia. Lo doveva dire al dottor Matarrese alla prossima seduta.

"Anto', mi dispiace. Ma stasera non è cosa."

Si girò di nuovo dall'altra parte. Antonio allungò una mano sul comodino, prese il pacchetto e si accese una sigaretta. Poi spense la luce in mezzo alle rose e rimase a fissare la brace arancione nel buio. Forse non era abbastanza uomo da parlare, ma lo era abbastanza per interrogarsi su quello che aveva fatto come marito negli otto anni di matrimonio. Se era stato abbastanza bravo da dare a Rosaria tutto quello di cui aveva bisogno, il conforto, il senso di protezione, la sicurezza, la stabilità, tutto quello che aveva giurato a se stesso e al prete le avrebbe offerto quando si erano sposati. In fondo, lui non pensava mai seriamente alla possibilità di una vita diversa. La sua vita era in quella casa, in quel letto, e non era mai stata fuori da lì. Rosaria era l'unica donna che avesse mai amato, e l'unica, lo sentiva con certezza, che avrebbe amato mai. Si chiese se anche per Rosaria fosse lo stesso, o se il motivo della sua stanchezza, del suo esaurimento nervoso potesse essere anche quello, il pensiero delle occasioni mancate, delle vite perdute, di quello che, sposandolo, lei si era lasciata alle spalle. Per un momento gli attraversò la mente il pensiero di Riccardo Muti, di quello che era successo, di quella storia del twist di cui aveva sentito parlare tante volte (troppe) in famiglia. Poi pensò che comunque non poteva essere certo quello il motivo della depressione della moglie, spense la sigaretta nel portacenere di cristallo a forma di cigno e si voltò dall'altra parte stando attento a non toccare Rosaria.

Riccardo Muti e Saint-Tropez Twist

In casa Sansone, quando Rosaria e Federico andavano ancora alle scuole superiori e Pasquale lavorava ancora, si organizzavano i balletti il sabato pomeriggio. Nel piccolo salotto c'era un pianoforte verticale arrivato da chissà dove, e con i pezzi suonati al piano e qualche disco si passava il pomeriggio fino all'ora di cena, quando tutti tornavano a casa propria. Federico Sansone, che faceva l'ultimo anno al Liceo Classico Statale Vittorio Emanuele II, era in classe con un ragazzo dall'aria seria e studiosa, che contemporaneamente frequentava anche il conservatorio. Di nome faceva Muti Riccardo, ma tutti lo chiamavano "il Musichiere". Un pomeriggio, passato da casa Sansone per copiare una versione di greco, il Musichiere vide fugacemente per il corridoio una ragazza non molto alta, ma con un sorriso irresistibile: Rosaria, la sorella maggiore del suo amico. Voleva chiedere qualcosa, ma non riuscì a superare l'imbarazzo; in più sapeva che Federico era terribilmente geloso delle due sorelle, e preferì star zitto. Si disse comunque che al successivo balletto a casa Sansone non sarebbe mancato. Così nei giorni successivi faceva domande a Federico, gli chiedeva se il sabato sarebbero andati tutti a casa sua, se poteva essere invitato pure lui. Federico si stupiva non poco di tutte quelle domande, il Musichiere era famoso per essere un ragazzo riservato ai limiti della misantropia: pareva non sopportasse nessuno, parlava pochissimo, lo si vedeva ridere raramente, e soprattutto nessuno lo aveva mai visto partecipare a un balletto in casa. Comunque, sebbene non si spiegasse quell'insistenza, un sabato mattina, nell'intervallo fra la lezione di fisica e quella di latino disse a Riccardo Muti che il pomeriggio si sarebbero visti a casa loro, alle cinque, per il balletto.

"Vieni con chi vuoi," aggiunse.

Il Musichiere diventò rosso, ma solo brevemente. All'uscita di scuola si precipitò a casa.

Per i balletti in casa Sansone non c'era mai molta agitazione. Carmela si limitava a preparare un po' d'acqua con l'idrolitina, qualche aranciata, delle zeppole fritte di farina e scorza di limone. Pasquale si disinteressava completamente di quello che succedeva nel salotto. Voleva solo che alle otto e trenta fosse tutto finito. I ragazzi più piccoli, Salvatore e Titina, si agitavano molto e giocavano a vestirsi da grandi, Federico e Rosaria si preoccupavano soprattutto della musica: il pianoforte lo sapeva suonare, poco e male, solo Gigino detto 'o Pezzotto per il suo fisico tracagnato, in casa non avevano molti dischi e badavano soprattutto a che gli invitati portassero i loro. Tonino 'o Boxèr era uno su cui si poteva contare sempre, perché aveva tutti gli ultimi successi. Così come i tre amici che componevano il Clèb Hollivùd, compagni di classe di Federico, così soprannominati per la loro epocale bruttezza (il più carino dei tre era una versione più brutta del giovane Carlo delle Piane), che spendevano i loro soldi in dischi, sperando così di attirare qualche ragazza.

Alle diciassette e quindici di quel sabato 7 novembre 1963, il Musichiere fece il suo ingresso a casa Sansone. Aveva messo una giacca blu, e teneva tutti i capelli pettinati all'indietro. Federico lo accolse con grandi sorrisi, la decina di invitati già presenti si stupì non poco di vederlo al balletto. Riccardo Muti prese qualcosa da bere, mosse a tempo la testa mentre il giradischi suonava *Cuando calienta el sol*, non ballò. Tra la gente cercava Rosaria, che aveva messo un vestito chiaro con la gonna larga che arrivava appena sotto il ginocchio. Non poteva guardarla a lungo, perché sentiva che le guance gli si facevano rosse rosse.

Alle diciotto e quarantacinque, si fece coraggio e prese da parte Federico per chiedergli qualcosa. Federico ascoltò attento, poi gli rispose che non c'erano problemi. Il Musichiere annuì. Federico aspettò la fine del disco, poi si avvicinò al giradischi, sollevò il braccio con la puntina e disse ad alta voce.

"Scusate, fate un poco di silenzio. Riccardo ci vorrebbe suonare un pezzo, se siete tutti d'accordo."

Un coro svogliato di sì rispose all'invito. Il Musichiere prese posto dietro il pianoforte verticale, si aggiustò lo sgabello, sgranchì le dita. Poi a voce talmente bassa che solo i più vicini poterono udirlo, disse:

"Questo è per Rosaria," e attaccò a suonare, mentre quelli che non avevano sentito si domandavano frenetici: "Ma che ha detto? 'E capito, tu?"

Nessuno fu in grado successivamente di ricostruire cosa avesse suonato. Alcuni sostenevano Beethoven, ma si sospettava che lo affermassero solo perché sapevano per sentito dire che Beethoven era il più grande compositore di tutti i tempi, e quindi doveva essere per forza lui. Qualche altro ancora disse di aver riconosciuto con sicurezza Bach, ma era evidente che non sapeva nemmeno di cosa parlasse. Qualcun altro infine diceva genericamente che si era trattato di un notturno, argomentando che infatti al momento dell'esecuzione stava scendendo la sera.

Ciò su cui tutti concordavano era che avesse suonato meravigliosamente, e che il pezzo, chiunque ne fosse l'autore, era bello e struggente e malinconico. Molto malinconico. Forse troppo malinconico per un sabato pomeriggio a casa Sansone. Carmela si affacciò sulla porta con il grembiule addosso, attirata dalla bellezza della musica. Titina e Salvatore, che erano più piccoli, ne approfittarono per uscire dalla stanza, annoiati. E Rosaria, che non aveva peraltro sentito la dedica iniziale, cominciò a spazientirsi. A sua discolpa va detto che le piaceva ballare, e che quel pezzo comunque non era breve. Così, accorgendosi pure di non essere la sola ad annoiarsi, mentre il Musichiere suonava ancora, si avvicinò con un sorriso al pianoforte e poggiò il braccio sulla cassa nera. Riccardo Muti, sebbene emozionato, non smise di suonare. Rosaria pensò di dovere andare avanti comunque ed esprimere quello che aveva da esprimere.

"Molto bello... veramente molto bello... Ricca', mo' ti dispiace di fare suonare un po' al Pezzotto, che sa fare *Saint-Tropez Twist*?"

Solo in quel momento il Musichiere smise di suonare e fissò senza parole gli occhi azzurri di Rosaria, quegli occhi che tanto gli piacevano. Staccò le mani dalla tastiera e arretrò sul seggiolino.

"No, certo," rispose. Rosaria lo ricompensò con un sorriso che pareva, anzi era, di assoluto sollievo.

Il posto allo sgabello venne preso dal Pezzotto, che il futuro Maestro cercò di guardare serenamente, pur non riuscendo a nascondere un certo disprezzo. Riccardo Muti si fece da parte, mentre quello già cominciava a cantare: "*A Saint-Tropez, la luna si sveglia con te*". Alcune coppie e il Clèb Hollyvùd, che ballava in trio per disperazione, si lanciarono prontamente nel twist. In mezzo agli altri ballerini c'era anche Rosaria, che danzava con aria attenta e precisa, come se stesse eseguendo un compito. Salvatore e Titina rientrarono di corsa nel salotto e si misero a ballare contro il muro, l'unico posto che a loro veniva concesso quando in casa c'era il balletto. Federico prima di ballare fece in tempo a vedere il Musichiere che si allontanava, superava sua madre sulla porta e usciva nel corridoio. Senza salutare nessuno, Riccardo Muti arrivò alla porta, la aprì e uscì in silenzio dall'appartamento. Mentre scendeva i tre piani di scale dello stabile di via Duomo 263, sentiva arrivare da casa Sansone il frastuono di Pezzotto che pestava sui tasti del pianoforte e cantava: "*Twist, twist, tutto il mondo! Twist, twist, sta impazzendoooooo...*"

Rosaria seppe solo due giorni dopo che quel pezzo che aveva interrotto era dedicato a lei. Federico si lamentò: "Rosa', m'e fatto fa' 'na figura 'e merda!" La sorella scrollò le spalle: punto primo lei non lo sapeva che la sonata non era libera ma era dedicata, punto secondo l'amico suo con quella palla di pezzo classico stava ammazzando la festa e qualcuno doveva intervenire.

Nessuno vide più il Musichiere a un balletto in casa Sansone. Quando dieci anni dopo Riccardo Muti cominciò ad avere successo, il racconto di quella serata venne ripescato, e così sarebbe stato per gli anni a venire. Man mano che il successo aumentava, e il Musichiere assurgeva a fama mondiale, Rosaria pensava a quel pezzo misterioso che le era stato dedicato. Quando si voleva dare importanza, si diceva che Muti aveva avuto tutta quella forza, tutta quella determinazione ed era riuscito ad arrivare dove era arrivato perché quella sera doveva essere rimasto troppo male. Quando invece stava giù, si diceva che di quella sera solo lei conservava il ricordo, e che il Musichiere, diviso fra la Filarmonica di Vienna e il Metropolitan di New York, manco se ne ricordava più.

Lo schiaffo era arrivato a Titina in pieno viso, e le aveva fatto malissimo. Suo fratello Salvatore era in piedi davanti a lei.

"M'e fatto male," protestò Titina.

"Se te vulevo fa' bene, ti davo qualcosa di soldi, no uno schiaffo," rispose lui manifestando scarsa pietà ma indubbiamente una certa conseguenza tra pensiero e azione.

Titina si massaggiò la faccia. Tutto regolare. Non si era aspettata da Salvatore una reazione diversa, almeno da principio, per superare il colpo. Ora però tutto si giocava su quello che sarebbe successo dopo, su cosa aveva intenzione di fare suo fratello, sul se e il come l'avrebbe aiutata.

"Che devo fare?" gli chiese trattenendo le lacrime.

Salvatore sospirò e si appese con la mano destra alla collana di coralli rosa che portava sotto la camicia a fiori, come se avesse voluto strapparla per insofferenza. Bisognava parlare con loro madre, disse, e, se fosse sopravvissuta alla notizia, avvisare Federico distraendolo temporaneamente dai suoi studi per l'esame, e per ultimo coinvolgere loro padre Pasquale, per affrontare il quale avevano bisogno dell'appoggio di tutta la famiglia, e di essere decisi e uniti su quello che volevano fare. Non c'era dubbio che Pasquale avrebbe spaccato qualche mobile, come al solito, ed era meglio che lei in previsione eliminasse dall'armadio i vestiti a cui teneva di più, perché la furia di suo padre si sarebbe scatenata anche su quelli. Titina andò allo specchio sopra al comò, quello con la fascia di Miss Levagnole appesa a mo' di corona, e si controllò il segno che le aveva lasciato il fratello. Aveva le cinque dita rosse ben visibili sulla faccia.

"Tu c'hai pensato bene? È l'unica soluzione che vedi?" chiese Salvatore alle sue spalle. Titina sospirò. Aveva ventiquattro anni e sapeva che tenersi il bambino avrebbe significato dire addio per sempre alla sua vita precedente. Ma nonostante tutto non se la sentiva di fare altrimenti. E poi amava troppo Elio per rinunciare a una vita con lui, e sapeva oscuramente che se avesse abortito, adesso, era proprio quello che sarebbe successo.

"Sì. C'ho pensato benissimo. Il bambino me lo tengo."

"Lo zoppo che dice? È disposto ad assumersi tutte le responsabilità?"

"Non è zoppo. Comunque sì. Ha detto che farà tutto quello che deve fare."

Salvatore annuì. Non si aspettava niente di diverso. In un certo senso era come se quel dialogo, dati i presupposti (Titina incinta del ragazzo claudicante che lavorava alla Mercedes a piazzale Tecchio) si svolgesse secondo un copione già stabilito, in cui ciascuno dei due faceva esattamente quello che doveva fare.

"Ma il bambino o la bambina... secondo te... viene zoppo pure lui?"

Titina sorrise. La domanda del fratello un po' le sembrava assurda e un po' no. Ci aveva pensato anche lei, in effetti, a quella possibilità, anzi ci aveva pensato come prima cosa non appena ricevuti i risultati delle analisi, anche se aveva scacciato l'idea subito dopo.

"Nella famiglia di Elio nessuno tiene quella malformazione, né il padre, né i fratelli e pure la madre morta, quando era viva camminava benissimo. Quindi no, il bambino verrà sano."

Salvatore sorrise.

"Almeno questo, ci mancava solo che mi ritrovavo come nipote un mutilatino di don Gnocchi," disse. Poi si girò verso la porta. "Vado di là a fare due chiacchiere con mammà, così la metto un po' tranquilla. Poi se vediamo che sembra serena, dopo cena la facciamo scendere a fare due passi con una scusa fino a porta San Gennaro e là le diamo il colpo. Così se si sente male stiamo già vicini al Pronto Soccorso degli Incurabili. Va bene per te?"

"Va bene."

Salvatore uscì per raggiungere sua madre che come al solito stava cucinando e in quell'occasione lottava con le melanzane alla Luciana che erano piene d'acqua, e fritte si facevano piccole piccole e non rimaneva più niente da mettere dentro al piatto. Titina, rimasta sola, si buttò sul letto e si mise su un fianco, stringendosi il cuscino fra le cosce. Improvvisamente poteva vedere tutta la sua vita che si stendeva davanti a lei. Sua madre l'avrebbe costretta a sposare velocemente Elio, in chiesa. Peppino avrebbe fatto il paggetto della sposa, e avrebbe percorso la navata a piccoli passi sul tappeto rosso, reggendo un cestino di vimini bianco e spargendo petali di margherita a destra e sinistra, vestito di velluto scuro come un piccolo Paul McCartney all'inizio della sua carriera musicale. Poi, dopo il matrimonio, lei e Elio sarebbero dovuti partire per una città del Nord, dove avrebbero trovato un lavoro, e dove lei avrebbe potuto partorire con comodo, senza nessuno che si facesse i conti precisi sui mesi che erano effettivamente passati tra la cerimonia in chiesa e la nascita del bambino. Quando il bambino avesse compiuto più o meno un anno e mezzo, sarebbero potuti finalmente tornare a Napoli, facendo finta che la creatura fosse un po' più piccola di quello che era in realtà, spostando il compleanno in avanti di quei quattro mesi che servivano a nascondere il concepimento prima del matrimonio. Avrebbe vissuto per più di due anni in una città che quasi sicuramente non le sarebbe piaciuta. Avrebbe perso tutti gli amici a cui non poteva dire la verità, vale a dire tutti tranne forse Patrizia che poteva minacciare di morte atroce se avesse parlato. Avrebbe rivisto Napoli da donna sposata, da madre, e tutto le sarebbe sembrato diverso. Immaginò che a nascerle fosse una bambina, e che fosse bellissima, come in realtà fu. Immaginò che anche se con Elio le cose fossero andate male (in fondo, lo conosceva così poco) avrebbe avuto sua figlia accanto che l'avrebbe aiutata a essere felice. Immaginò che come lavoro avrebbe insegnato ai bambini nelle scuole, e che avrebbe avuto una casa piccola, sul mare come l'aveva sempre sognata. Che avrebbe imparato a giocare a carte, e a ricamare le cifre sugli asciugamani per le persone a cui voleva bene. Immaginò tutta la sua vita, fin dove poteva spingersi con la fantasia, e in quella sera di marzo quasi tutte le cose che pensò divennero poi vere. Non immaginò che sarebbe stata la prima dei ragazzi Sansone ad andarsene, senza avere compiuto nemmeno sessant'anni, né che avrebbe sofferto di una serie impressionante di malattie brutte e dolorose, e che sua figlia, i suoi fratelli, e anche Peppino diventato ormai un uomo quarantenne, le sarebbero stati tutti accanto, in ospedale, soffrendo terribilmente per quanto lei stava male, ma sorridendole e facendo finta di niente, per tirarla su e farla ridere, fino all'ultimo dei suoi giorni, che sarebbe arrivato un giugno di trentatré anni dopo, e non l'avrebbe trovata a Napoli, ma in una di quelle città del Nord che non le erano mai piaciute.

Quella sera di marzo del 1974, Titina immaginò solo le cose belle della sua vita, e il vento della profezia, che per un momento le soffiò accanto e di cui inspirò brevemente il profumo, le fece dono solo delle immagini felici, risparmiando, a una ragazza di ventiquattro anni eccitata e spaventata dal peso della sua vita, tutte le cose brutte che ancora dovevano venire.

Parlate dell'arrivo della primavera

Svolgimento

L'arrivo della primavera io me lo sono perso perché, mentre quella arrivava, nella mia famiglia nel tramente sono successe troppe cose nuove. A parte mia madre che sta sempre chiusa in casa e c'ha sempre il suo mal di testa, e papà che certe volte mi guarda e all'improvviso mi abbraccia forte che quasi mi soffoca e si mette a piangere senza un perché, nonno Pasquale ha rotto a mani nude molti dei mobili presenti nella sua propria abitazione, e precisamente: tutte le porte dell'armadio veneziano quattro stagioni che era stato pagato a cambiali, la specchiera dell'ingresso, l'armadietto del bagno contenente tutti i profumi e la brillantina di zio Salvatore, e ha pure buttato da sopra a basso il televisore che mia nonna al momento non può vedere più i film del lunedì e del mercoledì. Non ho capito bene perché ha fatto tutto questo, ma un motivo ci deve essere, perché mio nonno ammagari può essere un poco fatto a modo suo, ma i mobili non li scassa per senza niente senza un suo perché. Mia zia Titina è strana, un poco piange e un poco ride, e il mese prossimo si sposa. Ella si sposa grazie a me, perché ha conosciuto il suo fidanzato (che è zoppo, ma non si può dire) la sera che io ho preso la pillola che non dovevo prendere e ho vomitato l'anima mia in quel di vico Scassacocchi. Zio Federico in risposta a tutto questo si è messo a studiare più di prima e ha detto che lui deve diventare avvocato prima possibile, prima che la famiglia Sansone si disintegra nel nulla. Zio Salvatore non è pervenuto, come certe volte la temperatura di Belgrado. In primavera le rondini tornano al loro nido e i peschi fioriscono, sta scritto sopra al sussidiario Nuovo Tamburino. *Ma io i nidi di rondine non li vedo, perché nonna Carmela odia gli uccelli tutti in genere e quando compaiono per sbaglio sul terrazzino di casa sua prende la mazza di scopa, specialmente quest'anno che dice sta particolarmente nervosa. Io ho pregato Maga Maghella di farmi vedere almeno i fiori di pesco, perché mi sembrava un desiderio troppo piccolo per scomodare tutti i santi che hanno cose più importanti a cui pensare. Speriamo che me li fa vedere così posso scrivere meglio questo tema. Scusate signorina maestra.*

Rosaria si era messa seduta nella quarta fila di panche, dal lato dei parenti della sposa. Dal suo posto, si guardava la famiglia Cozzolino in prima fila con un misto di emozione e incredulità. I genitori di Assunta, le sue tre sorelle e le zie avevano fatto uno sforzo disperato per essere all'altezza dell'occasione. I vestiti che indossavano erano stati sicuramente prestati da conoscenti e parenti vari, ed erano una specie di accozzaglia di misure sbagliate, colori improbabili, tre pezzi di seta che andavano di moda il decennio prima e avevano già visto svariate cerimonie e mo' non si portavano più. Le tre sorelle Cozzolino avevano una sola borsetta elegante, in comproprietà, e se la passavano quando avevano bisogno di qualcosa, il che accadeva in continuazione. La madre di Assunta doveva aver ricevuto in prestito delle scarpe di un paio di misure in meno, perché non solo si reggeva in piedi in equilibrio precario, ma aveva sul viso un'espressione di costante sofferenza che mal si accordava con l'entusiasmo che invece quel matrimonio avrebbe dovuto generare.

Assunta si sposava, finalmente. L'occasione era talmente straordinaria e soprattutto inaspettata che Rosaria si era decisa a vestirsi, a sistemarsi i capelli (non dal parrucchiere però, che le lampade rosse e i coloranti non erano stati ancora completamente scagionati dall'ipotesi di essere quanto meno le concause della sua depressione) e a presenziare in chiesa, dal momento che il previsto ricevimento al ristorante La Costa dei Barbari sarebbe stato per lei sicuramente troppo stancante. Accanto a Rosaria, nella quarta fila delle panche, c'erano Antonio e Peppino. Lei li osservava, in continuazione, al suo fianco tutti eleganti e sorridenti, nello sforzo disperato di fingere che andasse tutto bene. Per loro, pensò, quello era solo il matrimonio di una collega di lavoro. Un matrimonio come tanti. Nessuno dei due immaginava la fatica che ci era voluta ad Assunta per arrivare fin lì, nella chiesa di San Pietro ad Aram, quella mattina di aprile.

Quando Rosaria e Assunta si erano conosciute, nell'ufficio dei commercialisti dove Rosaria aveva iniziato a lavorare dopo la brutta esperienza della scuola, Assunta aveva già quell'idea fissa in testa: doveva sposarsi per andare via il prima possibile dalla sua famiglia. Assunta non sopportava nulla della sua casa, due stanze, uno stanzino, una cucina non abitabile e un microscopico bagno in vico Sette Venti civico 2, cinquanta metri quadrati in tutto in cui abitavano e soprattutto dormivano in sei. Più di tutto detestava la miseria. Suo padre non lavorava da anni, le sue tre sorelle, più piccole, si arrangiavano come potevano, e lei era l'unica a portare uno stipendio fisso in casa. Stipendio del quale, peraltro, non vedeva mai una sola lira: era la stessa madre di Assunta ad andare a ritirarlo allo studio de Magistris, e a gestirlo completamente per conto suo. Così Assunta, privata di tutto, passava le giornate della sua giovinezza afflitta da una serie di desideri violenti e spesso inspiegabili. Soprattutto alimentari. Per un mese aveva desiderato la Maionese Kraft, di cui vedeva il carosello e che era diventata la sua ossessione, e quando, sottraendo faticosamente, cinquanta lire alla volta, la somma dalla borsa della madre, era riuscita a comprarne un tubetto, aveva deciso che se lo sarebbe goduto da sola senza dividere la prelibatezza con la sua famiglia. Era andata a dormire nel suo lettino accanto al bagno, portandosi dietro la salsa, e mentre stava per addormentarsi, già sotto le lenzuola, incerta fra il sonno e la veglia, si spremeva in bocca il tubetto lentamente, assaporandone piano il contenuto. Purtroppo il sonno l'aveva presa all'improvviso, e il mattino dopo erano state le grida della madre a svegliarla, quando l'aveva trovata assopita e abbracciata a un cuscino completamente ricoperto di pasta giallastra, e aveva pensato fosse stata presa da chissà quale attacco. In un'altra occasione, Rosaria le aveva regalato un'abbondante fetta del casatiello che sua madre Carmela aveva preparato per Pasqua. Assunta, che in fondo si vergognava del suo egoismo alimentare, aveva deciso che l'avrebbe portato a casa e lo avrebbe mangiato insieme alle sue sorelle. Ma poi, sulle scale di vico Sette Venti civico 2, era stata assalita dallo sconforto, immaginando il pezzo di torta rustica che veniva diviso e diviso e diviso, fino a che per lei non ce ne sarebbe stato quasi niente, un'ombra, un'ostia. Mentre si interrogava sul da farsi, sentì dall'androne delle scale sua madre che rientrava a casa, e presa dal panico si infilò tutta la fetta di casatiello in bocca. Ma che dipendesse dall'ansia del momento, o dall'eccessivo spessore della fetta di casatiello, fatto sta che si sentì male, e per poco non si strozzò. Sua madre la trovò inginocchiata sul pianerottolo che tossiva e tirava fuori dalla bocca pezzi di salame, pasta cresciuta e uovo sodo.

Le terribili condizioni economiche della sua famiglia, unite a un romanticismo innato che non si sapeva veramente da dove le fosse arrivato, avevano fatto sì che Assunta pensasse a un fidanzamento e a un conseguente matrimonio come l'unica via di fuga possibile da quegli stenti. Così, quando non lavorava, tutte le sue energie erano concentrare su un unico obiettivo: trovare qualcuno disposto a portarla via.

Non era facile, e francamente non perché Assunta fosse esigente. Ma sapeva di non essere una bellezza, e l'unico pretendente che si era fatto avanti da quando era diventata signorina era Mimmuccio, il figlio dello stagnaro all'angolo, che l'avrebbe precipitata da una condizione di miseria a una di miseria nera. In più, Assunta si vergognava delle sue condizioni economiche, della sua casa, dei suoi parenti, e pensava che nessun ragazzo sano di mente, conoscendola nel suo ambiente d'origine, l'avrebbe presa in considerazione come possibile legittima sposa. Doveva trasmigrare. Ma non era in possesso né di un vestito, né di un paio di scarpe decenti, l'inverno lo passava senza cappotto, e aveva realizzato che l'unica chance possibile era quella che le offrivano l'estate e la permanenza in spiaggia, dove, in costume da bagno e scalzi, tutte le differenze sociali fra gli esseri umani tendevano ad annullarsi. Così quando veniva la stagione passava tutto il tempo libero sugli scogli di Mergellina, a fare, come diceva a tutti, elioterapia, cioè a prendere il sole e a sperare di incontrare qualcuno. Quando le capitava, in effetti, di conoscere qualcuno che le pareva potesse andare bene, mossa dalla paura di venire rifiutata inventava un'infinità di storie sulla sua provenienza che in seguito non reggevano mai a nessuna verifica con il reale. Non volendo dare a nessuno il suo indirizzo di casa, se interrogata, diceva di abitare a via Sette barra 20, dichiarava che suo padre lavorava sulle navi, e che era figlia unica e molta amata, cresciuta con le mollichelle. Andrea Castagna, un ragazzo che aveva conosciuto sugli scogli, e a cui aveva dato appuntamento a piazza Dante per la sera dopo, avendo ricostruito la residenza di lei dalle sue sommarie e contraddittorie informazioni, aveva avuto la bella idea di presentarsi a casa Cozzolino non invitato, e Assunta aveva visto con terrore sua madre aprire la porta del loro affollato appartamento di fronte al suo pretendente e ascoltare le richieste del nuovo arrivato.

"Assu' ci sta 'stu signore che si chiamma Castagna..." aveva detto la madre tenendo la porta impietosamente spalancata sul loro squallore.

Lei era corsa verso Andrea, che già la salutava con un "Uè, Assu'", e gli aveva chiuso la porta in faccia, urlando di risposta: "Non siamo noi!" Dopo di allora per l'umiliazione non aveva più voluto vederlo. Un'altra volta, avendo conosciuto un medico, era così terrorizzata dalla possibilità di un incontro in abiti civili, che aveva rimandato per tutta l'estate, e solo in autunno, messa alle strette, quando ormai continuavano a vedersi sugli scogli e in costume con il maltempo che imperversava, aveva accettato un appuntamento vestita. Per l'occasione aveva costretto Rosaria a prestarle abiti e trucco. Ma, non essendo abituata, aveva esagerato nella costruzione dell'immagine, troppo trucco, troppi accessori, troppe collane, e quando il giovane medico se l'era trovata davanti, sotto alla galleria Umberto I, vestita in quel modo, l'aveva squadrata e aveva detto: "Ma tu così ti combini? Io mi credevo che eri una ragazza perbene." Poi si era voltato ed era andato via.

Assunta in definitiva aveva passato anni d'inferno. Quando riusciva ad approdare a casa di qualcuno di quei ragazzi che aveva conosciuto sugli scogli, le bastava l'occhiata che le rivolgevano le loro madri, quegli sguardi che si fermavano sulle sue scarpe di quattro anni prima e sulla sua gonna sciupata, a farle capire che per lei non ci sarebbe mai stata una possibilità di evasione. Aveva troppo poca faccia tosta per adottare lo stratagemma di Annabella Sessa, che per far credere allo spasimante di turno che era molto desiderata, si presentava agli appuntamenti con un codazzo di ragazzi dietro. Il codazzo Annabella se lo procurava strizzando l'occhio a tutti i ragazzi che incontrava nel cammino, i quali ovviamente la seguivano diligenti e speranzosi fino al luogo dell'appuntamento. Ma comunque Assunta aveva tenuto duro, un anno dopo l'altro, tremando per la sua giovinezza che se ne andava. Fino all'incontro con Eugenio, che lavorava all'Olivetti di Pozzuoli, e che vedendola per una settimana di seguito, sugli scogli di Mergellina, che fingeva di leggere sempre lo stesso giornale e si tratteneva dal comprarsi una bibita anche quando aveva le labbra secche per l'arsura, si era perdutamente innamorato di lei e l'aveva portata in un mondo in cui, senza navigare nell'oro, non avrebbe più, comunque, dovuto desiderare di nascosto un tubetto di maionese Kraft.

Rosaria si girò sentendo che la marcia nuziale attaccava e Assunta faceva il suo ingresso in chiesa. Era raggiante. Quello non era semplicemente il giorno più bello della sua vita, ma anche quello per la riuscita del quale aveva lavorato più duramente. Quando arrivò all'altezza della quarta fila di panche, Assunta, accompagnata dal padre che indossava un vestito nero consunto che doveva essere appartenuto a un uomo molto più grande di lui, visto che il risvolto dei pantaloni era tenuto su con due spille da balia, si voltò verso l'amica e annuì appena, come a dire: Hai visto? Mi credevo che non ce l'avrei mai fatta e invece...

Rosaria sentì le lacrime che le salivano agli occhi e cominciò a piangere, di felicità e di disperazione. Peppino e Antonio, ai due lati, si scambiarono uno sguardo preoccupato. Rosaria non smise di piangere neanche quando Assunta arrivò all'altare.

"Rosa', e su, e basta," le disse Antonio prendendole la mano con amore. Ma Rosaria si staccò da lui, sollevò per un momento lo sguardo sul marito e disse solo:

"La vedi? La vedi com'è felice?"

Antonio annuì.

"... E appunto. È felice, perciò tu che piangi a fare?"

Rosaria lo fissò e sussurrò piano:

"Perché io non posso essere felice così?"

Antonio stava per rispondere che doveva per forza essere felice, perché aveva un marito e un figlio che la amavano, quando si accorse di qualcosa negli occhi della moglie. Per la prima e unica volta, e solo per un breve momento, ebbe la precisa sensazione che Rosaria sapesse tutto, delle sue bugie, dei suoi tradimenti, della sua promessa mancata, di tutte le volte che lui aveva visto Valeria, nel negozio di macchine per cucire con le saracinesche abbassate, e ci aveva fatto l'amore. Fu solo un momento, e poi Antonio allontanò subito il pensiero. Ma non ebbe il coraggio di dire nulla, e spostò lo sguardo verso l'altare, mentre Rosaria accanto a lui continuava a piangere in silenzio.

Peppino avrebbe dovuto sapere che quei giorni sarebbero stati pericolosi. Avrebbe dovuto capirlo subito, non appena, solo la settimana prima, aveva visto entrare in classe la supplente Varriale con la sua borsetta a tracolla. Doveva sostituire la signorina Lina, che si era presa la varicella e per un po' non poteva venire a scuola, annunciò tutta puntuta. La supplente Varriale era una donnina piccola e con una vocina acuta, che, glielo si leggeva in faccia, non avrebbe mai potuto tenere a bada la sua classe. L'alunna Minichiello Luisa, completamente catatonica ma pure più furba di lui, si era data malata da tre giorni, e adesso nella III A come vittima predestinata degli scherzi di Cacace e dei suoi maledettissimi compagni era rimasto solo lui. L'altro errore, quella mattina, era stato presentarsi a scuola con i pantaloni di velluto bianchi, puliti e stirati. Ma da quando sua madre stava male, Peppino doveva pensare a tutto da solo, e certe cose gli sfuggivano. Appena aveva fatto il suo ingresso in classe, Cacace lo aveva visto, si era alzato dal banco e gli era andato incontro, a braccia aperte, come per salutarlo con un affetto di cui, in altre occasioni, non aveva mai fatto neanche lontanamente mostra. Peppino, che non era ancora arrivato al suo banco, si era pietrificato, e Fulvio Cacace aveva avuto buon gioco, mentre lo abbracciava e praticamente lo sollevava da terra, a passargli sui pantaloni, ripetutamente, le suole delle sue lercissime scarpe, fino a farli diventare neri, imitato subito dai suoi amici che non avevano nessuno spirito di iniziativa ma erano bravissimi a ripetere tutte le sue uscite. Poi Cacace lo aveva guardato negli occhi, e gli aveva detto solenne:

"Peppi', dammi il quaderno, forza. Te voglio fa' 'nu bell'autografo." Peppino non si era mosso, e, senza aspettare risposta, Cacace gli aveva tolto la cartella dalle spalle, l'aveva aperta, aveva preso il quaderno di italiano su cui scriveva i pensierini e i temi, e con la Bic blu che aveva recuperato dal banco più vicino gli aveva disegnato sui compiti del pomeriggio precedente un grande cazzo stilizzato, con tanta forza che aveva perfino bucato la pagina. Peppino sentiva le lacrime che gli salivano agli occhi, ma non voleva piangere. Vide gli altri compagni che prontamente si passavano i suoi quaderni, riempiendoli di autografi, mentre Cacace, che era un bel po' più alto di lui, gli teneva la mano sulla spalla e gli diceva:

"Si' cuntento? Guarda, te lo stanno facendo tutti..."

Peppino accennò una piccola reazione. Niente di che, a dire il vero, fu solo il tentativo di togliersi il braccio di Cacace dalla spalla e recuperare la sua cartella, per evitare che gli distruggessero anche il sussidiario *Nuovo Tamburino*. Ma era quello che Cacace aspettava. Lo spinse di forza verso la lavagna, poi afferrò il cassino pieno di polvere, lo srotolò con un movimento veloce della mano, facendolo diventare come una cintura, una frusta carica di gesso, e cominciò a colpirlo.

Peppino si portò le mani al volto, per proteggere gli occhiali già rotti a cui un'altra frattura sarebbe stata fatale, e si rintanò dietro lo scudo della lavagna. Cadde a terra e da quel momento in poi, non capì più nulla. Sentiva solo le urla e le mani dei compagni su di lui, la polvere del gesso che riempiva l'aria, le lacrime negli occhi e le sue ginocchia che scalciavano inutilmente nel vuoto. Non gridava, non chiedeva aiuto. Durò probabilmente meno di un minuto, fino a quando, con le mani che gli coprivano ancora la testa e il viso, sentì che tutti si allontanavano da lui e prendevano posto velocemente nei banchi. Il momento dopo, la supplente Varriale entrò in aula e con la borsetta ancora a tracolla corse da lui.

Peppino era a terra, dietro la cattedra, tutto sporco di polvere di gesso. Qualcuno gli aveva infilato in testa, sfondandolo, il grande cartoncino bristol che stava alla parete, pieno delle stelle gialle delle buone azioni. Le stelle della signorina Lina.

La supplente Varriale lo aiutò a rialzarsi, cercò di togliergli le mani dalla faccia.

"Dimmi chi è stato a farti questo."

Peppino non rispose. Teneva le mani sul viso e non voleva staccarle.

"Dimmi chi è stato!"

Quella vocina stridula era insopportabile. Peppino si tolse le mani dalla faccia e cominciò, con tutta la forza che aveva, a prendere a pugni e schiaffi la supplente Varriale, mentre Cacace e gli altri ridevano contenti dai banchi e applaudivano.

Non era così insolito che Rosaria piangesse quando stava dal dottor Matarrese. Ormai aveva preso l'abitudine di portarsi dietro almeno tre fazzoletti dei suoi buoni, quelli che facevano parte del corredo, e quando stava sdraiata sul lettino, si asciugava gli occhi, si soffiava il naso e poi rimetteva il fazzoletto di cotone nella manica del pullover, da dove poi lo tirava fuori ogni volta che le serviva. Se diventava zuppo e faceva un po' senso, lo sostituiva con un altro nuovo che teneva pulito e stirato nella borsetta. Quella mattina, però, aveva dimenticato di portarne con sé, e quando iniziò a piangere ne cercò uno inutilmente, sia nella manica che nella borsetta.

"Aspetti," disse la voce del dottor Enrico Matarrese dietro di lei. Rosaria lo sentì andare alla scrivania, frugare in un cassetto, e tornare con un fazzoletto, anche questo di cotone.

"Se non le scoccia. È mio. Però è pulito."

Rosaria prese il fazzoletto dalla mano del dottore.

"Mi dispiace."

"Di cosa?"

"Di piangere."
"Non deve. Non lo vede che sta meglio? Per questo piange."
Rosaria si soffiò il naso e si voltò appena verso di lui. Il dottor Matarrese le sorrideva, davanti a lei, accosciato come un calciatore di serie A nelle figurine di suo figlio Peppino, però con i pantaloni lunghi e la camicia invece della divisa sociale del club. Lei aveva ancora gli occhi bagnati e nel momento stesso in cui si mosse si accorse di colpo che era una cosa che pensava da tempo, da così tanto tempo, che forse lo desiderava dalla prima volta che si era voltata, quando era davanti alla finestra e pensava quasi di buttarsi giù e lo aveva visto, con i suoi pochi capelli e il camice bianco, fermo sulla porta della sua stanza. Era da allora che aveva voluto baciarlo, e ci aveva messo più di venti incontri alla Usl e diverse dozzine di fazzoletti prima di farlo. Ora lo sentiva, finalmente, sentiva la sua bocca, le sue labbra, e la sua lingua, che seguì quella di lei per qualche secondo, prima che il dottor Matarrese si staccasse all'improvviso.
"Non possiamo farlo. Non possiamo," le disse.
Poi, immediatamente dopo, e come se avesse affermato esattamente il contrario, si chinò su di lei e la baciò di nuovo.

La mia giornata

Svolgimento

La mia giornata è una chiavica, quella di oggi in particolare, ma pure le altre non ci sono male. Faccio sempre tutto quello che devo fare. Svolgo i compiti che mi sono stati assegnati, leggo la lettura, risolvo i problemi di aritmetica, non rispondo, non dò fastidio a nessuno. Al massimo mi metto a guardare i cartoni animati davanti alla televisione e non disturbo familiari e presenti. E allora perché tutti se la prendono con me? Nonna oggi mi parla poco perché a scuola le hanno detto che ho alzato le mani addosso alla supplente Varriale, la quale supplente era innocente è vero, ma nessuno le ha detto a mia nonna Carmela che prima Cacace ha picchiato me per senza niente, e io mi metto troppo scuorno per dirglielo. Non tengo genio di fare niente per mezzo di questa giornata così brutta, e ho paura che mi vengono i mal di testa pure a me, anche se non c'ho la febbre e mi sento fresco come una rosa. La situzione è questa: la mia prima mamma sta dal dottore della testa, la mia seconda mamma sta a casa malata pure lei con la varicella, la mia terza mamma sta in cielo e mi pare, con tutto il rispetto, che a tutto pensa tranne che a me, e a voi supplente Varriale che leg-

gerete questo tema, scusate se ve lo dico, ma chi vi conosce, che siete entrata la settimana scorsa nella vita mia?

Scusatemi se vi ho picchiato, lo so che a onor del vero non ve lo meritavate. E avete fatto bene a mandarmi dal signor direttore. Ma io non sono felice, e lo so che non è una scusa, ma questo è, mi è scappato. Io non lo faccio più. Ma voi la prossima volta cercate di venire puntuale a scuola vi voglio bene, se no quelli Cacace e i suoi mi mettono in mezzo un'altra volta, ed è la volta buona che mi scassano veramente gli occhiali, che quelli già si reggono con le spingolelle.

Uscita dal dottore, Rosaria rientrò direttamente a casa di sua madre, per riprendere Peppino. Carmela era al lavello della cucina che sciacquava i friarielli sotto l'acqua dopo averli puliti. Peppino, nel tinello, stava disegnando.

"Com'è andata col dottore?" chiese sua madre senza voltarsi.

"Meglio... Penso che comincia ad andare meglio..."

Solo in quel momento Carmela si voltò. Qualcosa nel tono di voce di sua figlia l'aveva messa in allarme. La guardò bene. I capelli erano scompigliati. Il rossetto che aveva messo quella mattina, che lei aveva notato quando sua figlia era venuta a lasciarle Peppino e che già le aveva dato da pensare (perché Rosaria doveva mettersi il rossetto per andare dallo psicologo della Usl?) adesso non c'era proprio più. Intorno alle labbra, sua figlia aveva tutta la pelle rossa rossa, come se le avessero sfregato una pezza ruvida sulla bocca, ma forte. Rosaria cercò di sostenere lo sguardo di sua madre, ma poi fece il suo errore. Abbassò gli occhi. Carmela non ebbe bisogno di altro. Prese la pila di piatti bianchi che teneva appoggiati sul lavello e li scaraventò tutti a terra.

I piatti si ruppero in mille pezzi.

"Mamma..."

"Non dire niente, Rosa'. Che questa primavera mi sono bastati tua sorella e lo zoppo. Prenditi Peppino, che fra parentesi stamattina non si sa perché ha riempito di mazzate la sua supplente e il direttore l'ha sospeso, e vattene a casa da tuo marito. Ci vediamo domani e facciamo finta che non è successo niente. Perché io di questa cosa del dottore non voglio proprio parlare. 'E capito?"

Peppino intanto era accorso dall'altra stanza, con il pennarello Carioca turchese ancora in mano. Aveva le dita piene di macchie di colore. Stava disegnando Fulvio Cacace che cadeva dal palazzo dell'Upim, quello all'angolo di via Foria, che contava quattordici piani, e si spiaccicava sul marciapiede sottostante.

"Che è successo, nonna? Ti sei fatta male?"

"Assai, mi sono fatta male. Prenditi il cappotto, Peppi', che mamma ti porta a casa."

"E i piatti?" chiese ancora Peppino indicando l'ammasso di cocci sul pavimento.

"Ci facciamo le vreccetelle, per segnare i numeri sulla tombola a Natale."

Rosaria e Peppino ritornarono a casa in silenzio. Passarono dalle scale di Sant'Agostino alla Zecca, e Peppino, come faceva sempre, per un riflesso automatico, cercò nell'ombra la sagoma lunga di Gennaro. Ma ovviamente non c'era nessuno più a controllare la kryptonite nella borsa di Rosaria. Quando furono a casa, sua madre accese il televisore, ci piazzò Peppino seduto davanti, si fece un bagno veloce e subito dopo si mise a cucinare. Sembrava serena, come non lo era da tempo, ormai. Peppino le diede una mano ad apparecchiare, con la tovaglia buona, e accesero anche una candela, anche se non era un granché, perchè era una di quelle bianche, tutte storte, che usavano quando se ne andava la luce. Quando arrivò Antonio, con la sua scatola di Sette Sere Perugina, vide la tavola e sorrise. Mangiarono tutti insieme, e scherzarono come non facevano da tanto tempo. Peppino si addormentò sul divano in mezzo a loro mentre vedevano l'operetta *No, no, Nanette* alla televisione, nonostante Elisabetta Viviani che gli cantava bello forte nelle orecchie.

Peppino dormiva già da un po' quando Rosaria e Antonio si misero a letto. Senza dirselo, avevano indossato tutti e due dei pigiami puliti, ed erano passati dal bagno, a lavarsi e a profumarsi. Si infilarono tra le lenzuola, spensero le luci gemelle sui comodini e, sempre senza dire una parola, Rosaria appoggiò la testa sul petto di lui. Antonio si godette per qualche minuto il calore di sua moglie, la sua presenza. Poi parlò.

"Rosa', senti... io ti devo dire una cosa..."

"Che c'è, Anto'?"

"Mi dispiace se in questi ultimi mesi... insomma, io ci sono stato e non ci sono stato. Ti ho trascurata."

"Mi fa piacere che me lo dici."

"Il fatto è che... sono successe delle cose... Delle cose di cui mo' però è inutile che parliamo..."

Rosaria tirò un sospiro di sollievo. Tutto voleva, adesso, dopo quello che era successo negli ex locali dell'Hotel de Londres, ora Usl numero 43, tranne che una confessione piena delle colpe del marito. Come ne sarebbe uscita, se lui le avesse detto quello che lei già sapeva? Avrebbe dovuto fingere stupore, incredulità, poi arrabbiarsi, poi forse avrebbe dovuto minacciare di andarsene, fare intervenire i parenti, obbligarlo a chiedere scusa e a promettere di non farlo mai più. Quanta fatica, quanta fatica inutile.

"È inutile, secondo me," proseguì infatti Antonio come se le avesse letto nel pensiero. "Quello che devi sapere è che io ho avuto dei problemi... al lavoro. Ma mo' sono passati."

Problemi, pensò Rosaria reprimendo la rabbia.

"Adesso andrà tutto meglio. Ho scritto alla Singer per chiedere un trasferimento. Mi hanno detto che si è liberato un posto a Sant'Anastasia, e il mese prossimo potrebbero mandarmi là. È più lontano, ma il negozio è più grande... e io sento il bisogno di cambiare un po' aria..."

"A Sant'Anastasia fanno il capretto buono," disse Rosaria senza nessun apparente nesso logico. Voleva dire tutt'altro, ma non poteva parlare. Sapeva cosa significava quel trasferimento. Antonio non avrebbe più visto Valeria. Era finita. Non sapeva come, non sapeva perché. E non lo voleva sapere. Poteva essere stata lei a lasciarlo. Poteva essere stato lui, in un rigurgito di coscienza, a decidere di smettere per tenere in piedi quello straccio di famiglia che si era ritrovata. Forse era stata la pena per l'esaurimento della moglie, o la tristezza che gli facevano venire gli occhiali di Peppino. Li vedeva pure lui quegli occhiali tenuti insieme col nastro adesivo, oppure no? Comunque sia, era finita. Rosaria allontanò velocemente il pensiero che l'aveva attraversata, la tentazione di fare esplodere tutto: dirgli che sapeva, che aveva sempre saputo, di lui, di Valeria, della Fiat 850 e di quello che ci faceva. E dirgli pure, ovviamente, quello che era successo con il dottor Matarrese, e poi concludere dicendo: "Tie', mo' schiatta." Invece disse solo:

"Sono contenta, Anto'."

Il marito la tenne stretta. Poi, nel silenzio della stanza, le chiese.

"Tu come stai?"

"Meglio. Molto meglio adesso."

"La cura con il dottore sta funzionando?"

"Sì, penso di sì. Ovviamente non è una cosa che finisce così, su due piedi. Ma penso che nel giro di qualche mese potrò smettere di andarci."

"Lo devi vedere ancora qualche mese?" chiese Antonio.

"Sì... Devo vederlo ancora un po'... Poi a un certo punto smetterò. Sempre che non ci sono ricadute."

"Un poco di pazienza," disse lui con un sospiro. Poi si piegò sulla spalla di lei, la baciò e le fece scivolare la bretella della camicia da notte dalla spalla.

Rosaria chiuse gli occhi e si abbandonò a lui con tutto l'amore che aveva, che nonostante quello che era successo era ancora tanto.

Peppino sentì il peso sul letto, il materasso che affondava dalla parte dei suoi piedi, e aprì gli occhi.

"... Ciao Gennaro. Come stai?"

"Tu come mi vedi?" rispose lui con un sorriso. Stava benissimo, ed era evidente. Prima di tutto portava un costume vero, da Superman serio, con la "S"' grande al centro di quella specie di diamante sul petto, e un nuovo, bellissimo mantello rosso rosso. Poi negli occhi aveva una luce che Peppino non gli aveva mai visto. Sembrava felice. Sembrava pure molto più bello, con quel ricciolo azzeccato sulla fronte, e i capelli pettinati all'indietro. E pareva più muscoloso.

"Gennaro... ma hai fatto sport?"

"Non ho fatto niente. È che ora sono nella mia vera dimensione, e mi accetto e mi piaccio. Assomiglio di più all'idea che ho di me."

Gennaro non era sicuro di avere capito. Comunque, se aveva capito, qualcosa ancora non gli quadrava.

"E scusa, i denti, allora? Perché quelli ti sono rimasti storti?"

"Eh, i denti purtroppo sono la cosa più difficile. Ci vuole un po' più di tempo. Vieni."

Gli tese la mano. Peppino non sapeva bene cosa fare. In effetti, da quando era morto non lo aveva mai toccato. È vero che si era abituato alla sua presenza, alle sue apparizioni continue, e poteva parlare tranquillamente con lui come se parlasse con qualsiasi essere vivente. Ma dargli la mano era tutto un altro affare. Gennaro però insisteva, con la mano protesa verso di lui, così Peppino si fece coraggio e la afferrò. Sembrava una mano normale, calda, con la carne, le dita e tutto. Sembrava come la mano di suo padre, però più forte. Una volta che Gennaro l'ebbe stretta, lo fece alzare dal letto.

"Dove andiamo?"

Gennaro non rispose, arrivò fino alla finestra, e l'aprì. La finestra fece un rumore stridulo. Gennaro strizzò gli occhi, come se quel rumore gli desse terribilmente fastidio.

"Ce lo volete mettere un poco di olio, vicino a 'sta finestra?" protestò.

Peppino annuì. "È quasi un anno che fa 'sto rumore. Papà dice sempre che ce lo deve mettere, e poi non ce lo mette mai."

Gennaro uscì con Peppino sul piccolo terrazzino. Poi gli diede le spalle.

"Jamm', vieni qua. Mettimi le mani al collo e sali."

Peppino aveva paura.

"Che vuoi fare Gennaro?"

Lui non rispose.

"Tengo paura," insisté Peppino.

"Sali guaglio' non mi fare perdere tempo che so' sempre Superman e c'ho sempre un bordello di cose da fare."

Peppino salì. In fondo, se parlava con i morti, gli dava la mano e discuteva pure con loro dell'opportunità di oliare i cardini delle sue finestre, poteva pure salire sulle loro spalle.

Gennaro inspirò, poi un po' goffamente scavalcò la ringhiera del terrazzino, strappando un ramo dei gerani di sua madre, e si buttò giù.

Peppino strinse forte le labbra per non urlare e chiuse gli occhi. L'ultima cosa che aveva visto prima del buio erano le luci della strada che gli passavano velocemente davanti agli occhi mentre lui precipitava giù, poi il vento sulla faccia e quella sensazione dello stomaco che ti arriva in bocca. Aspettava lo schianto, quattro piani più in basso. Ma lo schianto non ci fu. Quando riaprì gli occhi, vide le luci della città sotto di lui. Non sembrava la sua città, non sembravano le strade che aveva percorso tante volte. Era bellissima. La cosa più simile che aveva mai visto era il presepe di San Martino, quando ci era andato con la scuola e la maestra Lina si era incazzata perché mettevano tutti le mani sul vetro, oppure ci alitavano e facevano i disegni sporchi.

"Ti piace, eh?" chiese Gennaro voltandosi appena verso di lui.

Peppino iniziò a ridere, mentre volava sulle spalle del suo Superman. E pensare che c'era gente che non gli aveva creduto, a Gennaro, che lo aveva preso in giro, che aveva pensato che non fosse davvero lui.

Gennaro superò in un lampo piazza Bovio, facendo un giro intorno alla fontana per toccare l'acqua con la mano, e volò su, in alto, verso la collina del Vomero, tagliando di netto corso Vittorio

Emanuele, e poi ancora più su. Peppino vide le luci delle automobili e delle strade che si facevano sempre più piccole. Arrivarono fino in cima, oltre Castel Sant'Elmo, superarono lo stadio Collana che dall'alto pareva un cratere vuoto e addormentato, e poi di nuovo giù, verso il mare, verso la collina di Posillipo, in picchiata, mentre Peppino continuava a ridere e baciava il collo di Gennaro.

"Grazie Gennaro, grazie!"

"Peppi', mannaggia la marina, non mi baciare il collo che mi fai distrarre. Io lo so fare, ma non ti credere che è facile a volare, ci vuole concentrazione!"

Scesero di nuovo giù sorvolando via Orazio, poi passarono sulla macchia nera della Villa Comunale e risalirono su, fino alla costruzione rossa della scuola militare della Nunziatella che si affacciava sul golfo. Qui Gennaro decise di fermarsi, atterrando sul tetto. Si pettinò i capelli all'indietro, sputandosi prima sul palmo della mano, e si sistemò il tirabaci sulla fronte.

"Mi piace questo posto. Mi piace sapere che qua sotto ci stanno tutti quei ragazzi in divisa che dormono. Mi dà quel certo non so che," disse con un sorriso.

Peppino decise di non commentare. Rimasero seduti tutti e due sulle tegole del tetto della scuola militare. Di fronte a loro c'era il mare, e l'ombra di tufo giallo del Castel dell'Ovo.

"Perché?" chiese improvvisamente Peppino.

"Perché, cosa?"

"Perché hai scelto proprio me e mi hai portato qui?"

"Perché eri l'unico che ci credeva."

"E appunto, scusa, Gennaro. Non mi pare una pensata intelligente. Io ci credevo già che tu eri Superman. Potevi approfittare per portare qualcuno che non ci credeva: tua madre, tuo padre, i tuoi fratelli. Tuo cugino Michele... Lo sai quelli come rimanevano?"

"Ma che mi importa a me? Non mi hanno capito quando ero vivo, perché mi devo fare capire adesso che sono morto? A che serve?"

Peppino non sapeva cosa rispondere. Rimasero in silenzio per un momento. Il mare davanti a loro venne solcato dalla scia di un motoscafo, che correva veloce nella notte oltre la punta di Capo Posillipo.

"Contrabbandieri. Sigarette," disse Gennaro.

"Li devi andare a fermare?" chiese Peppino preoccupato che se ne andasse e lo lasciasse là sopra.

"No. Non fanno niente di male. So' povera gente, si arrangiano. Peppi', c'è un'altra cosa che ti devo dire."

Peppino lo guardò. Gennaro si era fatto serio. Non era mai stato così serio in vita sua. Veramente, a quanto Peppino si ricordava, in vita sua Gennaro di discorsi di senso compiuto ne aveva fatti veramente pochi.

"Io ti ho portato con me stanotte perché ti devo dire una cosa."

"Una cosa bella o una cosa brutta?"

"Né bella né brutta. Una cosa." Lo guardò negli occhi. "Tu sei fatto come me. Non sei uguale a loro."

"Perché?"

"Non lo so perché. Questo non me lo ha spiegato nessuno. Quello che so è che... diciamo tu sei più uguale a me di quanto sei uguale a tutti gli altri."

"Cioè, quindi c'ho i superpoteri?" chiese Peppino speranzoso.

"No. Cioè sì, ma non proprio i superpoteri di Superman. Peppi', tu insomma... tutto questo discorso è per dirti che tu non ti devi avvilire se la gente non ti capisce."

"Genna', quelli non è che non mi capiscono. Quelli mi sfottono proprio."

"E tu non ti devi avvilire lo stesso. Lasciali sfottere. Sono loro che hanno dei problemi, non tu. Perciò se ti maltratteranno, se ti prenderanno sempre in giro..."

"Insomma mi hai portato fino a qua sopra per dirmi che non avrò una vita facile? Che continueranno a sfottermi tutti pure quando sarò grande?"

Gennaro sospirò e se lo prese in braccio. "Peppi', dipenderà da te, se la tua vita sarà facile o sarà difficile. Se tu cercherai di nasconderti in mezzo agli altri, di assomigliare a chi è diverso da te, passerai un sacco di guai. Se capirai che a stare un po' da soli, a essere un esemplare unico, non c'è niente di male, sarai felice. Siamo tutti esemplari unici, è una cosa che ho capito troppo tardi."

Peppino lo guardò.

"Ma insomma, fammi capi', qualche superpotere ce l'ho pure io, o no?"

"Ce l'hai, ce l'hai, ma è una fissazione! Ce l'hai, anche se non ti posso dire qual è, perché non lo so, e non lo sai nemmeno tu. Ma lo scoprirai, se farai veramente quello che ti senti di fare nella vita. Hai capito?"

"Non lo so, se ho capito. Parli troppo strano."

"Senti, guaglio', quanto scassi il cazzo, io non ti posso dire di più perché sei troppo piccolo. Però tu ricordati quello che ti ho detto. Sono sicuro che al momento buono queste parole ti serviranno per non fare la fine mia. Ti fidi?"

"Mi fido."

Restarono ancora un momento in silenzio.

"Che vuoi fare mo'?" chiese Gennaro.

"Voglio tornare a casa, se non ti dispiace. Tengo sonno."

"Allora appenditi di nuovo al collo. Però fai piano con quelle unghie, mannaggia a te, per arrivare fino a qua m'e fatto nu 'straviso. Ma tua mamma nun t'e taglia?"

Peppino prese posto sulle spalle di Gennaro, che con un piccolo salto aggraziato scese giù dal tetto della Nunziatella e planò verso il mare.

Peppino si strinse a lui, e inspirò l'odore di Superman. Somigliava un po' all'odore che aveva suo padre, e un po' all'acqua profumata che sua nonna metteva nella pastiera. Mentre volavano verso casa pensò che il giorno dopo sua madre a colazione gli avrebbe preparato la zuppa di latte con le fette biscottate, visto che stava meglio, e lo avrebbe accompagnato a scuola. Poi all'uscita sarebbe venuta a prenderlo, con le buste della spesa sotto al braccio, e forse gli avrebbe portato anche un regalo, come quando era piccolo e si era fatta trovare fuori dall'asilo con un sacchetto di carta, e dentro c'era una piccola tartaruga.

Pensò a tutta la vita che doveva ancora venire, dopo quella notte, e improvvisamente si sentì felice.

Ringraziamenti

A Elisabetta Sgarbi, Eugenio Lio, Annamaria Lorusso, Laura Reale, Valeria Frasca, Frida Sciolla, Beatrice Gatti, Stefania Eusebio, Isabella d'Amico, Oliviero Toscani, Ileana Zagaglia e tutto lo staff Bompiani.

A Roberto, Stefano, Tinni, Monica, Maria Sole, Giancarlo, Claudio, Serena.

A Roberto Minutillo Turtur, che si prende cura di me.

A mio padre, a mia madre, a mio fratello, ai Pistone e ai Cotroneo, a tutta la mia grande e bellissima famiglia. Ma proprio bellissima.

ANNOTAZIONI

ANNOTAZIONI

ANNOTAZIONI

ANNOTAZIONI

ANNOTAZIONI

ANNOTAZIONI

ANNOTAZIONI

ANNOTAZIONI

ANNOTAZIONI

ANNOTAZIONI

Bompiani ha raccolto l'invito della campagna
"Scrittori per le foreste" promossa da Greenpeace.
Questo libro è stampato su carta riciclata certificata FSC,
che unisce fibre riciclate post-consumo a fibre vergini
provenienti da buona gestione forestale e da fonti controllate.
Per maggiori informazioni: http://www.greenpeace.it/scrittori/

I GRANDI Tascabili Bompiani
Periodico quindicinale anno XIX numero 1163
Registr. Tribunale di Milano n. 133 del 2/4/1976
Direttore responsabile: Elisabetta Sgarbi
Finito di stampare nel mese di settembre 2011 presso
Grafica Veneta S.p.A. - via Malcanton, 2 - Trebaseleghe (PD)
Printed in Italy

RCS Libri
ISBN 978-88-452-6735-2